Kirst

Die merkwürdige Hochzeit in Bärenwalde

RICHARZ GESCHENKBIBLIOTHEK
Bücher in Großdruck

Hans Hellmut Kirst

Die merkwürdige Hochzeit in Bärenwalde

Eine heitere Erzählung aus Ostpreußen

Richarz Geschenkbibliothek
Verlag CW Niemeyer

CIP-Titelaufnahme der Deutschen Bibliothek

Kirst, Hans Hellmut:
Die merkwürdige Hochzeit in Bärenwalde : e. heitere
Erzählung aus Ostpreußen / Hans Hellmut Kirst. - 1. Aufl. -
Hameln : Niemeyer 1988
(Richarz Geschenkbibliothek, Bücher in Großdruck)
ISBN 3-87585-732-1

Lizenzausgabe mit freundlicher Genehmigung
des Blanvalet Verlages, München

1. Auflage 1988

Printed in Germany

ISBN 3-87585-732-1

Die Hochzeit in Bärenwalde sollte eine der großartigsten werden, die Ostpreußen jemals erleben durfte. Doch bevor sie stattfinden konnte, war zunächst ein offenbar unüberwindliches Hindernis zu bewältigen oder eben zu beseitigen.

Denn es gab Leute, die da behaupteten: Nichts werde aus dem schönen Fest! Es sei denn, der Bauer Pankraz Pokorny befinde sich unter der Erde.

Der nämlich hatte die geplante Eheschließung abgelehnt, mit erheblicher Schroffheit und Entschlossenheit, erregt und geradezu feierlich. Und zwar, weil er seinen Sohn Emanuel als reichlich ahnungsloses Opfer einer raffinierten Intrige zu sehen glaubte. Mithin stellte er sich wie ein Felsbrocken der beabsichtigten Verbindung in den Weg. Es kam sogar vor, daß er die bisher für frei gehaltene Dorfstraße blockierte und dazu mit lauten, unüberhörbaren, weithin zu vernehmenden Worten rief: »Nur über meine Leiche!«

Dies hatte er tatsächlich gesagt – der Herrgott war Zeuge – und sicherlich genauso gemeint. Da Pankraz Pokorny ein mächtiger Mann war, schien es wahrlich ratsam, seine Worte nicht auf die leichte Schulter zu nehmen. Zwar hatte er schon mehrfach so manches Merkwürdige von sich gegeben, doch was er sagte und tat, das geschah nie ohne seine wirkliche Überzeugung. Und tat das alles in einer Art, als pflanze er Bäume ganz tief und fest in den Boden, so daß niemand sie mehr zu Fall bringen konnte – es sei denn mit seiner Zustimmung; welche jedoch kaum jemals zu erwarten war.

Allerdings: Eine so erbarmungslose Endgültigkeit und resolute Entschiedenheit hatte er sich zuvor noch niemals geleistet, selbst nicht bei seinen ansonsten landweit bekannten Eigenwilligkeiten. Jedenfalls vermochte sich weit und breit keiner seiner Mitmenschen daran zu erinnern, daß dieser selbstherrlichste aller Großbauern irgendwann einmal auch nur angedeutet hatte, daß er sich, sich selber, in seinem geliebten Bärenwalde als »Leiche« vorzustellen in der Lage war. Mithin war er diesmal doch wohl entschieden zu weit gegangen. Oder – war das diesmal ernst zu nehmen?

Einige gab es durchaus, die das ernst nahmen; sehr ernst sogar. Denn nachdem sie sich so ihre Gedanken über derartige »Verkündigungen« gemacht hatten, kamen sie zu der einleuchtenden, obgleich fatalen Erkenntnis: Nun – falls diese Hochzeit wirklich nur dann durchzusetzen sein sollte, wenn vorher Sand über eine Grube geworfen worden war – na ja, dann mußte dem wohl so sein.

Im Dorf dieses einflußreichen und großmächtigen Pankraz Pokorny lebte auch der Knabe Karl, allgemein nur »das Karlchen« genannt. Ein zwölf Jahre altes Kind, das ungemein freundlich wirkte. Es war von einer hierzulande ungewöhnlichen Zierlichkeit und nahezu zerbrechlich, wenn nicht gar zart wie ein frühes Rosenblatt, das nur einer sanften Sonne ausgesetzt werden darf.

Doch dieser erste Eindruck täuschte. Wie sehr, das ahnten alle diejenigen, welche dieses ziemlich eigenwillige Kerlchen bereits ein wenig näher kannten. Ihnen wurde schnell klar: Dieser Knabe mit seinen oft luchsartig blinzelnden Augen war nicht nur hellwach, der besaß die Neugierde eines jungen Fuchses.

Dem entging in seinem Dorf, in seiner Welt also, so gut wie nichts: keine Fliege, kein Frosch, keine Ente, keine Blume, kein Mensch. Und schon gar nicht ein Hund. Nur sprach er recht selten über das, was er so alles beobachtet hatte. Vermutlich war es ihm bewußt, daß in ihm Gedanken und Ideen webten, welche seine Mitmenschen für unbequem und unangebracht halten konnten – da schwieg er lieber.

Diesmal jedoch schien ihn seine lauernde Neugier zu überwältigen, denn er sagte: »Was habe ich denn da hören müssen! Soll man gleich jemanden totschlagen, nur weil der einen dämlichen Ausspruch von sich gegeben hat? Kann man dem nicht auch anders beikommen?«

Karlchen war ein Waisenkind und lebte in diesem Dorf bei zwei ledigen Frauen, die ihn bei sich aufgenommen hatten: der Hebamme Bartosch und deren Tochter Elfriede. Beide liebten ihn; mit jener innigen Zuneigung, wie sie wohl nur einem Wunschkind entgegengebracht werden kann. Er nannte sie »Mama« und »Oma« und war ihnen gleichfalls ungemein zugetan.

Was Karlchen jedoch keineswegs daran hinderte, ihnen mit seiner Neugier ständig zur Last zu fallen. Das war ihnen, meinte er wohl, durchaus zuzumuten; schließlich gehörte er ja zu ihnen – und sie zu ihm. Und diese beiden Frauen bemühten sich meist auch, seine ausgeprägte Wißbegier freundlich zu befriedigen.

Diesmal jedoch war dem nicht so. Diesmal wurde er geradezu schroff abgewiesen. Denn seine »Oma«, also die Hebamme, meinte kurz angebunden: »Das, mein geliebter Kleiner, geht dich nichts an. Halte dich da raus! Es ist wahrlich nichts für Kinder.«

Damit allerdings drang sie bei Karlchen nicht durch. Seiner Ansicht nach ging ihn das sehr wohl was an. Denn schließlich sollte seine Elfriede, die er zärtlich-verhalten »Mama« nannte, ein wichtiger Teil dieser geplanten Hochzeit sein; in seinen Augen der bessere, der schönere. So sah er das. Also hatte diese Hochzeit stattzufinden. Auf jeden Fall.

Wo sind wir denn hier? schien er sich zu fragen. Etwa am Ende der Welt? Nein, wir befinden uns in deren Mittelpunkt! Schließlich hatte das der Oberlehrer immer wieder glaubhaft versichert. Und sogar noch hinzugefügt: »Bei uns« – na, wo denn wohl sonst? – »könnte einstmals das Paradies gelegen haben. Und wenn der liebe Gott jemals zu schlafen begehren sollte, dann würde er es hier in unserem Lande tun!« In Ostpreußen also. Ob das stimmte? Da war sich Karlchen nun nicht mehr so ganz sicher. Was stimmte überhaupt? Wem konnte man trauen? Auf wen war Verlaß? Wer gehörte wahrhaft zu wem?

So was herauszufinden, nahm sich nun dieser Knabe vor.

Daß es sich bei dem Dorf Bärenwalde in der Tat um den Mittelpunkt dieser Welt handelte, das erschien nicht nur dem Lehrer und dem Pfarrer, sondern auch besonders dem Pankraz Pokorny als absolut selbstverständlich. Zumindest war doch wohl ihr Bärenwalde der Mittelpunkt von Ostpreußen – und das war bei jenen Menschen, von denen hier die Rede ist, das gleiche wie die Welt.

Was übrigens keineswegs eine bloße Glaubensfrage oder etwa eine wie aus der Luft gegriffene Behauptung war. Vielmehr war es offenbar gelungen, durch Vermessung und Berechnung nachzuweisen: Bärenwalde ist wirklich und wahrhaftig der zentrale Punkt dieses gesegneten Landes. Gelegen zwischen Königsberg im Norden und Allenstein im Süden – wenn auch ein bißchen weiter ostwärts, etwa im Dreieck von Insterburg, Ortelsburg und Lötzen. Also gar nicht weit von der Heimat der herrlichen Trakehner Pferde; wer genau lauschte, konnte sie möglicherweise wiehern hören.

Doch wie dem auch immer gewesen sein mag, damals – 1930, im herrlich dahinbrütenden Sommer jenes Jahres – gehörten zu Bärenwalde ohne Berücksichtigung der näheren Umgebung so an die 318 Einwohner. Oder »Seelen«, wie der Pfarrer meinte, der sich allerdings schon oftmals geirrt hatte; was er dann bereitwillig als »ganz menschlich« zu bezeichnen pflegte. Die meisten sogenannten »Einheimischen« dieses Dorfes – in dem selbstverständlich auch eine Kirche, eine Schule und ein Gasthof existierten – waren bäuerliche Menschen. Aber es gab auch den unvermeidlichen Gendarm. Sogar ein Arzt hatte sich hierher verirrt – wenn auch mit einigen höchst bemerkenswerten Nachhilfen; also keinesfalls ganz zufällig.

Wie »wallende Haarfluten Gottes« wollten die dichten Wälder anmuten, welche dieses Dorf umstanden; bevölkert von zahlreichen Tieren, die zuweilen für die Jungen und Mädchen von Bärenwalde zu vertrauten Spielgefährten wurden. Durch den Ort floß, kristallklar und geruchlos, der Regenbogenbach gemächlich dahin – zwischen meist einstöckigen Häusern –, und er füllte fast mitten im Ort einen Teich, der eifrig herumschnatternden Enten und Gänsen als Tummelplatz diente. Danach strebte dieser Bach, geruhsam wie unberührt, dem nahen dunklen Bärensee entgegen.

Zwischen den Wäldern, dem Bach und dem See dehnten sich, weit gestreckt, die Felder und Wiesen der Bärenwaldbauern. Weiter nördlich allerdings gab es außerdem die Gemarkungen des sogenannten Herrn Baron. Alle bauten auf saftigem Urgrund und einer rötlichen fruchtbaren Erde; hier war noch jede Ernte gleichsam ein verschwenderisch gewährtes Geschenk Gottes.

Den größten Teil des östlich gelegenen Bärenwalder Landes besaß Pankraz Pokorny. Was bedeutete, daß er das nicht nur besaß, sondern auch beherrschte! Mit allem, was dort fleuchte und kreuchte, den Grund und Boden betrampelte, über oder unter der Erde wuchs. Seiner Erde!

Mit diesem Pokorny mußte also gerechnet werden. Zu umgehen jedenfalls war er wohl kaum – nicht, solange er hier noch lebte. Was er wußte und alle anderen auch: Er war bisher einfach so hingenommen worden. Wie das Wetter.

Nunmehr jedoch begannen hier einige darüber nachzudenken, daß eigentlich nichts auf der Welt ewig und keiner unsterblich ist. Also auch kein Pankraz Pokorny. Schließlich hatte der selbst seine Mitmenschen auf eine derartige Idee gebracht.

Das sogenannte Licht der Welt hatte Pankraz Pokorny 1861 erblicken dürfen. Selbstverständlich hier, in Bärenwalde – na, wo denn wohl sonst? Also war er nunmehr 69 Jahre alt, aber noch als ein körperlich robuster, ungemein belastbarer Mensch zu bezeichnen. Hochgewachsen wie eine Eiche, von breit gewichtiger Statur – pflegte er dahinzuschreiten. Mit wiegenden Bewegungen, als habe er unentwegt neue Saaten auszustreuen.

Solange ein normaler Bärenwaldmensch zurückzudenken vermochte: Dieser Pankraz war hier der erfolgreichste Bauer weit und breit. Er erntete die größten Kartoffeln, seine Kühe gaben die fetteste Milch, aus seinem Roggen wurde das beste Brot bereitet. Nicht nur flüsternd nannten sie ihn den »König von Bärenwalde«. Zumindest war er der Leithammel der hier hausenden Menschenherde; und sich dessen bewußt.

Daher zögerte Pankraz Pokorny auch nicht, im Hinblick auf jene geplante, von ihm jedoch entschieden verworfene Hochzeit abermals eine »endgültige« Entscheidung zu verkünden. Und das jedem gegenüber, der es hören wollte oder auch nicht. »Wenn ich erst einmal nein sage, dann heißt das auch nein! Es sei denn, es würden irgendwo statt Pferdeäpfel plötzlich Goldklumpen ausgeschissen. Dergleichen aber habe ich noch niemals erlebt, werde ich auch wohl kaum erleben. Sollte das dennoch der Fall sein, dann darf mich hier jeder, einfach jeder, als einen alten, müden Arsch bezeichnen. Aber nur dann!«

Wenn er so etwas von sich gab, geradeheraus und ohne Rücksicht auf die Gefühle anderer Menschen, dann schien seine lautstarke Stimme gleichsam wie die Axt im Walde zu wuchten. Und der konnte kein noch so gut gewachsener und mächtiger Baumstamm widerstehen, und sie ließ alle erzittern, die sich das anhören mußten, wobei manche vor Wut bebten, ohne es allerdings gleich deutlich werden zu lassen.

In diesem Fall stand Pankraz Pokorny da wie ein Denkmal, wie erdverbunden und gen Himmel ragend – in seinen dekorativ mit Mist beschmierten riesigen Stiefeln. Worauf er dann aufbrüllte: »Dieses kleine, durchtriebene Weibsbild, welches da heiratswütig meinen Sohn einfangen will, kommt mir nicht auf meinen Hof!« Und abermals schien der drohende Warnruf zu ertönen: Wenn – dann nur über meine Leiche!

»Mein Sohn Emanuel«, fügte er hinzu, »besitzt ja dank seines Vaters ganz brauchbare bäuerliche Qualitäten, doch bei diesem Weib benimmt er sich wie ein Dorftrottel. Das werde ich ihm austreiben, so wahr ich Pokorny heiße!«

Das alles sollte keinesfalls eine Schmähung seines Sohnes darstellen, dem er durchaus zugetan war; vielmehr hielt er seine dröhnenden Worte für gemütvolle Ermunterungen. Daß dies in aller Öffentlichkeit vor sich ging, war bei Pokorny gar nichts Besonderes. Wenn er explodierte, dann immer dort, wo er Dummheit oder Unbotmäßigkeit witterte oder gar Unheil verhindern wollte. Daß jedoch überall dort, wo er hintrat, kaum noch Gras wuchs – es kümmerte ihn wenig.

Indessen war auch dieser gewaltige, von manchen als gewalttätig beschimpfte Mensch nicht ohne Schwächen. Was er sogar wußte – und wozu er zu bemerken pflegte: »Der Starke kann, darf und muß sich auch mal schwach zeigen – das gehört zu den Lebensweisheiten.« In letzter Zeit allerdings war das mit der Schwäche so eine Sache, mit der er sich gar nicht mehr gerne beschäftigte. Denn – die körperlichen Kräfte ließen nach; sie trockneten aus wie das letzte Gras in der Sonne, sie versickerten wie Regentropfen in ausgedörrter Erde. Höchst unerfreuliche Vorgänge, die ein Pokorny selbstverständlich nicht wahrhaben wollte – geschweige denn, zuzugeben bereit gewesen wäre.

Früher einmal – du lieber, guter ostpreußischer Herrgott, wann war das gewesen? – hatte er erheblichen Gefallen an weiblichen Wesen gefunden, mit Begeisterung störrische Hengste zugeritten, Saufkumpane in der Kneipe reihenweise unter den Tisch gesoffen und Wirtshäuser leergeprügelt. Im Laufe der Zeit jedoch erlahmten derartige Regungen; woraufhin er immer grimmiger wurde und zunehmend Gefallen daran fand, abstoßende Worte in die Gegend zu schleudern, wie ein Knecht, der mit einer Mistgabel feuchten Dreck verstreut. Von Jahr zu Jahr wirkte er absonderlicher, manchmal igelte er sich regelrecht ein, um schließlich, im wahrsten Sinne des Wortes, auf den Hund zu kommen.

Nun ja, Hunde hatte er schon immer bevorzugt. Berni etwa, sein Bernhardiner, war genau wie er ein kraftvolles, massiges Geschöpf gewesen. Anton, sein Neufundländer, hatte sich wie ein herumschnüffelnder schwarzer Bär benommen und zum Gaudium seines Besitzers sogar versucht, Frauen unter die Röcke zu krauchen. Unvergessen auch Caesar und Cerberus, die Bulldoggen, die stets bereit zu sein schienen, sich wie reißende Bluthunde aufzuführen.

Nunmehr jedoch, welch ein kaum faßbarer Gegensatz, hatte er sich mit einem Hund angefreundet, der jedem Beobachter seiner seltsamen Unansehnlichkeit wegen wie ein Wesen ohne Wert und Würde vorkommen wollte. Ein Köter sozusagen. Ein kleiner Kläffer, bei dem von Rasse wahrlich nicht die Rede sein konnte. Eine verwegene, unergründbare Mischung aus Pudel, Terrier, Schnauzer und wer weiß was sonst noch alles. Das war Muckel.

Pokorny nannte ihn mit tapsiger Zärtlichkeit »mein Muckelchen«. Das pechschwarze, verknautschte, verfilzt wirkende Lockenknäuel mit hellwach funkelnden Augen und schnellen, blitzartigen Bewegungen war ihm, vermutlich ganz hinterhältig, angedreht worden. Und das war ausgerechnet dem ewig im Hintergrund herumlungernden Juden Siegfried Seelinger gelungen. Dem allerdings konnte ebensoviel heimtückische Berechnung zugetraut werden wie Pokorny selbst.

Dieses »Muckelchen« jedenfalls wurde für seinen neuen Herrn alsbald zu einem unentbehrlichen und damit auch zu respektierenden Begleiter. Fortan waren die beiden in ihrem Bärenwalder Bereich nur noch gemeinsam anzutreffen; wobei niemals genau auszumachen war, wer sich da eigentlich wem anpaßte.

Auf jeden Fall stand fest, daß Pokorny und Muckelchen unzertrennlich waren; bei Tag und bei Nacht. Und wenn auch nicht gleich Hund und Mann gemeinsam in die Kirche gingen, so besuchten sie jedoch miteinander das Gasthaus, badeten zusammen im Bärensee und pflegten sozusagen Seite an Seite zu speisen. Muckels offensichtlich begeisterte Anteilnahme an allem, was seinen Herrn betraf oder ihn interessierte, sollte zu den wundersamsten Übereinstimmungen führen; von Pokorny mit Wonne registriert.

Wenn zum Beispiel Pankraz jemanden beschimpfte – was er selbst allerdings als »wohlwollende Aufklärung« zu bezeichnen beliebte –, stand sein Muckelchen stets freudig dabei. Dann ließ er seine dunklen Mitternachtsaugen katzenhaft funkeln, ja regelrecht erglühen; um dann ein halb bedrohlich, halb verächtlich klingendes Knurren auszustoßen. Manchmal bellte er sogar kurz auf; was eine ganz besondere rauhkehlige Zustimmung für den Freund war – und eine Warnung an alle Fremden.

Somit konnte wohl tatsächlich nicht ganz ausgeschlossen werden, daß eine gewisse Vermutung mancher Leute zutraf: Pokornys immer häufiger praktizierte Beschimpfung seiner Mitmenschen könnte einen einfachen Grund haben: er wollte seinen Hund erfreuen. Und an Gelegenheiten zu derartigen Freuden mangelte es wahrlich nicht – nach Anlässen brauchte ein Pokorny gar nicht lange zu suchen.

Kein Wunder also, daß sich bei so viel Beschimpfung der angestaute Ärger über Pokorny immer deutlicher Luft zu schaffen versuchte. Zunächst einmal wurde Unwilliges lediglich geflüstert; doch dann kam es zu zunehmend lauter werdenden Feststellungen: Dieser Kerl läßt ja so gut wie nichts aus! Der verschont einfach niemanden. Was glaubt der sich denn eigentlich alles leisten zu können?

Einfach nicht zu fassen, wie emsig der an seinem Grab schaufelt!

Pokorny verschonte nicht einmal den Diener der Kirche mit seinen knüppelharten Deutlichkeiten. Und wenn er ihn dabei sogar duzte, der Einfachheit halber, so war das gar nicht ungewöhnlich für Pokorny; bei dem war das so üblich. »Du, Pfarrer, du angeblicher Stellvertreter Gottes!« redete er den Geistlichen an, den er vor der schneeweiß gepinselten Kirche gestellt hatte; mit seinem Muckel. »Neulich, bei deiner Sonntagspredigt, da hast du aber eine Menge Mist verzapft. Vor Gott, hast du getönt, sollen alle Menschen gleich sein! Na, wie denn das? Unser Dorftrottel etwa und ich und du – alle gleich? Da kann ich mich doch nur verhört haben.«

»Damit habe ich keinesfalls gemeint, daß alle Menschen von Natur aus gleich sind«, versicherte der Geistliche. »Dies anzunehmen wäre ein Mißverständnis.« Er wagte es zwar nicht, Pokorny ebenfalls mit »du« anzureden, doch das »Sie« dagegenstellen wollte er auch nicht. Mithin umging er also die Anrede, was er für geschickte Sprachbeherrschung hielt. »Was ich damit ausdrücken wollte, war dies: daß jedem Menschen vor Gott, auch vor dem Gesetz, die gleiche Möglichkeit gegeben ist, sich zu bewähren und den rechten Weg zu wählen.«

Wobei Muckelchen durchaus den Eindruck machte, als habe er genau zugehört; er bellte auf, nur einmal sehr kurz. Ob das nun ein warnender Verweis sein sollte oder aber freudig bewegte Zustimmung, war nicht herauszufinden. Doch immerhin lag der Verdacht nahe, dieser irritierend kleine Hund könnte ein großer Schauspieler sein.

Auch der in Bärenwalde eingesetzte Ordnungshüter, genannt Gendarm, bekam von Pokorny sein Fett weg. Und das mitten im Gasthaus, vor gespannt lauschenden Biertrinkern – wobei Muckel ein kräftiges, wenn auch alkoholfreies Malzbier vorgesetzt wurde. »Du, Gendarm, sogenannter Hüter unserer Ordnung, warum glaubst du hier zu sein? Doch nicht, um bei uns herumzuschnüffeln? Da hast du, wurde mir berichtet, deine Nase in die Milchkannen unserer Bauern hineingesteckt. Und dann irgendwas gefaselt von wegen Sauberkeit und so was. Was soll denn das? Nur weiter so, und du fängst sogar an, auch mich noch zu bespitzeln. Aber so was geht dich einen Scheißdreck an, das ist allein unsere Sache. Kapiert, Gendarm?«

Na und ob der das kapierte! Der stieß ein »Jawoll!« hervor und fügte hinzu: »War wohl ein Versehen.« Und einige herumstehende Bauern nickten erfreut bedächtig. Auch Muckel, der Hund, nahm eine solche Versicherung mit kurzem Aufschnaufen zur Kenntnis; ansonsten ließ er sich nicht von seinem Malzbierchen ablenken.

Ab und zu, mit gewisser Regelmäßigkeit, nahm Pankraz Pokorny den Besitzer des Gutes im Norden, Baron von Bachwitz-Körner, sozusagen aufs Korn. Und wenn auch die Familie dieses Herrn Barons hier bereits in der dritten Generation ansässig war, so hatte diese jedoch nach Pokornys maßgeblicher Meinung nicht sonderlich viel dazugelernt. »Menschenskind, Baron!« beschimpfte Pokorny ihn ermunternd. »Du hast da offenbar von Tuten und Blasen keine Ahnung. Du läßt deine Enten verkommen, deine Schafe geben weder Wolle noch Milch; und deine Pferde, auf denen du herumreitest wie ein nasser Sack, haben fehlerhafte Hufbeschläge.«

Derartige anmaßende Anregungen oder eben sachverständige Hinweise haßte der Baron wie die Pest. Doch entgehen konnte er ihnen kaum jemals. Denn Pokorny pflegte meist auf dem Hofgelände des Gutes aufzutauchen, also sozusagen im innersten Bereich, und lautstark nach dem Baron zu verlangen. Wobei er sich weigerte, das sogenannte »Herrenhaus« zu betreten. Und dafür hatte er seine ganz speziellen, gewissermaßen intimen Gründe.

Dieser Baron, der dritte, zählte zwar erst knapp fünfzig Lenze, wirkte jedoch äußerlich – schließlich gab es hier nichts als Ärger und immer wieder Ärger –, als schleppe er sich bereits seinem Greisenalter entgegen. Wenn er dann wie notgedrungen vor Pokorny erscheinen mußte, ließ er sich, wohl sicherheitshalber, von zwei nahezu hellblonden, nicht gerade friedlich-freundlich anmutenden Schäferhunden begleiten.

Was für Pokorny jedoch ein willkommener Anlaß war, unverzüglich eine seiner Melodien zu spielen: »Na, was sind das denn für Köter? Die sind ungepflegt und schmuddelig; deren Zähne scheinen bereits zu wackeln, ihr Fell glänzt nicht mehr. Außerdem kneifen die ihre Schwänze ein ... Halt die bloß zurück, sonst könnte womöglich mein Muckel noch wild werden und die zerfetzen. Der ist nämlich, mußt du wissen, Baron, ein Bluthund!«

Und genauso versuchte dann auch das verfilzte Mukkelchen auszusehen. Auch in diesem Augenblick jedenfalls – ein raffinierter kleiner Schauspieler. Sonderlich zu überzeugen vermochte er in einer solchen Rolle allerdings kaum.

»Mein lieber Pokorny!« entgegnete der unwillige Baron sanft-giftig. »Was ich hier veranstalte, das bestimme ich und sonst niemand. Was du dir gefälligst merken solltest – ein für allemal.«

Er gehörte zu den wenigen Leuten in dieser Gegend, die Pankraz gleichfalls mit »du« anredeten. Dabei handelte es sich jedoch nicht nur um eine Art Notwehr; vielmehr existierten da noch gewisse, wohl als fragwürdig zu bezeichnende familienähnliche Beziehungen.

Na – wie auch immer! Der Baron jedenfalls trachtete danach, sich derartigen Auseinandersetzungen möglichst schnell zu entziehen. »Wenn ich tatsächlich Fehler gemacht haben sollte, dann sind das eben meine Fehler. Die kosten mein Geld, haben dich also einen feuchten Schmutz anzugehen.«

»Irrtum, Baron! Du bist nun mal hier bei uns gelandet. War unvermeidlich. Ausgesucht haben wir dich wahrlich nicht! Doch jetzt gehörst du zu uns; belieferst uns und wirst beliefert. Das alles betrifft auch deine Tiere. Denn Tiere, die nun mal zu uns gehören wie Tag und Nacht, wie

Sonne und Schnee, müssen gehegt und gepflegt werden. Falls du jedoch immer noch nicht wissen solltest, wie man das richtig macht, darfst du mich um Rat fragen.«

Muckel bellte zustimmend; fast schien es sogar, als wäre er bereit, sich im nächsten Augenblick auf die Schäferhunde des Barons zu stürzen. Pokorny beeilte sich, ihn zu besänftigen. »Nur immer mit der Ruhe, mein geliebter Kleiner!« sagte er mit wohlwollender Stimme. »Das« - was sich anhörte wie ›den‹ - »erledigen wir schon.«

Der Baron jedenfalls drohte vor Wut zu platzen. Wieder einmal mehr wußte er nicht, wie er sich benehmen sollte. Wobei es ihn erhebliche Anstrengungen kostete, so zu tun, als fühle er sich nur belustigt. Er blickte Pokorny und dessen Muckel an - wohl so was wie Bärenherz und Hundeseele - mit feuchten, blassen Augen. Und erklärte dann: »Jedenfalls verbitte ich mir derartige Einmischungen.«

»Und ich, Baron, verbitte mir auch einiges - und zwar im Namen unserer dörflichen Gemeinschaft. Deine kläglichen Unzulänglichkeiten sind kaum noch hinzunehmen. Zu unserem Zusammenleben gehört es, daß jeder einzelne sich gehörig anstrengt. Falls dir jedoch so was gleichgültig ist, du also keinen Wert auf Gemeinsamkeit legst, dann müssen wir dich eben abschreiben. Dann existierst du hier für uns einfach nicht mehr - mit deinem ganzen lahmen Landwirtschaftsverein.«

Nach derartig, wohl für eindrucksvoll gehaltenen Worten entfernte sich der selbsternannte Bärenwalder Häuptling Pokorny mit seinem kleinen unternehmungslustigen Trollhund Muckel stolz erhobenen Hauptes und festen Schrittes. Dem hatten sie es wieder richtig gegeben! So waren sie nun mal, so mußte man sie akzeptieren. Dachten sie wenigstens.

»Das darf doch einfach nicht wahr sein, was dieser Mann da so von sich gibt!« Karlchen war es, der die Worte ausrief; und er meinte Pokorny. Ihn hatte Unruhe gepackt. Auf der Hut wie ein Eichhörnchen, das noch unbestimmte Gefahren wittert, meinte er: »So redet kein guter Mensch!«

Wie fast immer, wenn er sich um ein Tier sorgte oder von einem Menschen bedroht fühlte, hatte er sich auch diesmal zunächst an seine »Oma«, die Hebamme Hermine Bartosch, gewandt. Deren Tochter Elfriede, seine »Mama«, wollte er nicht unnötig belasten; der näherte er sich ohnehin stets nur sehr verhalten, mit geradezu vorsichtiger Scheu.

Dabei war Elfriede Bartosch keinesfalls eine Frau, die man als zierlich oder gar zerbrechlich hätte bezeichnen können; vielmehr zeichnete Selbstbewußtsein und Gelassenheit sie aus – abgesehen davon, daß man ihr auch Klugheit und Lebensfreude nicht absprechen konnte. Aber es stimmte schon: Ihre Mutter Hermine wirkte ungleich robuster und war von einer kräftig zupackenden Art, die sofort Vertrauen einflößte. Eine Hebamme eben. Schließlich hatte sie in dieser Gegend so an die zwei Generationen in das »Licht der Welt« gezogen und im Trubel unterschiedlichster Ereignisse aufwachsen sehen, ohne dabei ihren behaglichen Humor zu verlieren.

Jetzt also bemühte sie sich darum, den kleinen Karl zu trösten, umgriff seine Schultern, barg ihn in ihren kräftigen Armen und fragte liebevoll: »Na, was für eine Laus ist dir denn diesmal über die Leber gelaufen, mein Karlchen? Oder sollte ich sagen: Welches Pferd hat deiner Meinung nach falsch gewiehert?«

»Ja, Oma, so muß man das wohl nennen. Genauso hat sich der Mann aufgeführt, laut schreiend, so daß es jeder hören konnte, anhören mußte. Dieser Kerl will nicht, daß meine Mama seinen Sohn heiratet. Nie und nimmer, hat er gebrüllt. Die nicht, auf keinen Fall! Warum macht der das? Was hat er denn gegen meine Mama?« Karlchens Empörung war nicht zu bremsen; schließlich rief er, und das war eine sehr ostpreußische Ausdrucksweise: »Der ist ja wie vom Hahn bestrampelt!«

Hermine Bartosch schüttelte kaum merklich den Kopf und sah den ihr anvertrauten Jungen nachdenklich an. Er galt bei nicht wenigen als schwierig, als schwer zu bändigen, war jedoch im Grunde seiner Seele verträumt und ungemein feinfühlig. Wenn er etwa in der Wohnstube jenes Bild vom geheimnisumwitterten Wildgänsesee betrachtete, der südlich nahe dem Judenhof lag, umgeben von Sumpfschilf und vom Torfmoor – dann hatte sich Hermine schon so manches Mal gedacht: Genau dort paßt dieses Jungchen hin, mit seinen oft seltsamen Anwandlungen. War wohl weiter kein Wunder, daß ihn seine Mitmenschen nicht so recht verstehen konnten?

Das traf auch auf den Lehrer von Bärenwalde zu, der ganze Klagelieder über Karlchen singen konnte. Wobei wohl zu bedenken war, daß es sich bei ihm ohnehin um einen vielgeplagten Mann handelte, der nicht selten feuchtfröhlich verspottet und als »Steißtrommler« oder »Arschpauker« bezeichnet wurde. Doch als wahres Kreuz, das zu tragen ihm verdammt schwerfiel, hatte sich der Knabe Karl, dieses seltsame Waisenkind erwiesen.

»Fürchterliche Knaben«, sagte er, »gibt es viele – dieser indessen ist wohl der fürchterlichste von allen. Er sitzt in der Schule nur da, sagt nichts, beteiligt sich nicht, spinnt bloß vor sich hin. Manchmal starrt er auf die Fensterscheiben, als wolle er dort die Fliegen zählen, oder er blickt zum Dorfteich, zu den Enten und Gänsen, denen er verrückte Namen gegeben hat. Kurz und gut: Karl verträumt seine Schulstunden, und zuweilen scheint es gar, als schlafe er. Was wahrlich kein gutes Beispiel ist – für alle anderen.«

Allerdings mußte er sich, wenn er aufrichtig war, auch eingestehen, daß dieses eigenwillige Kerlchen der ganzen Klasse – es gab hier nur einen einzigen Unterrichtsraum – weit voraus war. Mit seinen zwölf Jahren wußte er alles, was kaum Vierzehnjährige begriffen; bereits jetzt schon beherrschte er das gesamte Schulpensum und noch eine ganze Menge darüber hinaus. Der Lehrer hatte ihn sogar in Verdacht, daß er heimlich Bücher las; sogar solche, die nicht für ihn bestimmt waren. War so etwas normal für einen kleinen Ostpreußen, noch dazu für einen in Bärenwalde?

Karlchens »Oma« war die einzige, die mit ihm wie mit einem erwachsenen Menschen redete und stets bemüht war, auf vernünftige Fragen auch vernünftige Antworten zu geben. Das allerdings fiel ihr neuerdings gar nicht mehr so leicht; speziell nicht in der gegenwärtigen Situation und angesichts jener Vorgänge, die sie ganz persönlich betrafen. Es war eben so, daß alte Bären einige Mühe haben, sich auf junge Füchse einzustellen. Aber ohne Verständigung wachsen Mißverständnisse wie Unkraut.

Um übersteigerte Empfindungen abzubauen, hielt es die »Oma« für ratsam, ihrem lieben Kleinen wieder einmal klarzumachen, daß ihre Tochter Elfriede, die Karlchen »Mama« nannte, gar nicht seine richtige Mutter war. »Wie du ja weißt, habe ich hier in Bärenwalde mitgeholfen, daß die Kinder auf die Welt kommen – und nicht alle waren gleich willkommen; so ist das nun einmal. Aber dich, mein liebes Karlchen, haben wir uns ausgesucht. Für dich wollten wir Großmutter und Mutter sein.«

»Das seid ihr!« Karlchen sagte es ganz feierlich; um dann schnell wieder – wie ein Frosch, der unvermutet zurück in seinen Teich springt – in unwillige Empörung zu fallen. »Gerade deshalb kann ich es nicht leiden«, was ostpreußisch war und ›nicht ausstehen‹ bedeutete, »daß dieser entsetzliche Mensch Pokorny meine Mama beschimpft. Der soll doch froh sein, wenn sein Sohn Emanuel sie zur Frau bekommt. Und Emanuel ist ein guter Mensch; der ist so ganz anders als dieser Streithammel von einem Vater.«

»Ich verstehe es ja, Karlchen, daß der alte Pokorny dir nicht gefällt; mir gefällt er auch nicht, schon seit Jahren nicht mehr. Aber damit muß man sich wohl abfinden. Denn aus einem Schweinstrog, wie bei uns gesagt wird, läßt sich keine Violine machen; und Ochsen können nicht wie Pferde tanzen. Ach, weißt du, mein Jungchen – unzulänglich, unbequem, wenn nicht gar scheußlich ist in diesem Dasein so manches. Doch auch damit kann man fertig werden, wenn man versucht, sich eine ureigene Welt aufzubauen, um darin zu leben. So, wie wir drei es getan haben.«

Karlchen war nachdenklich geworden. »Da behauptet dieser Kerl also, ein Vater zu sein. Doch wenn ich so was höre, denke ich: Vielleicht ganz gut, daß ich keinen Papa habe. Denn einen Vater wie diesen Pokorny – da kann ich nur sagen: danke schön!«

»Kann doch sein, daß du ihn verkennst«, gab Hermine Bartosch behutsam zu bedenken. »Was mich betrifft, so weiß ich von ihm eine ganze Menge. Etwa, daß der sich vorkommt wie ein Eichbaum, an dem sich alle Säue scheuern dürfen; was er sogar als Bestätigung seiner großmäuligen Selbstherrlichkeit empfindet. Aber so aufgeblasen, wie er sich gerne gibt, ist er im Grunde vermutlich gar nicht.«

»Aber warum spielt er sich dann hier so auf? Woher nimmt der sich das Recht, sogar meine Mama anzukläffen? Das ärgert mich, und zwar gewaltig!«

»Weißt du, mein lieber Junge«, entgegnete die »Oma« mit vorsichtiger Bedächtigkeit, »dieser Pankraz Pokorny könnte ja auch – bei all seiner trotzig zur Schau getragenen Wichtigtuerei – in Wirklichkeit ein zutiefst unglücklicher, vielleicht auch unsicherer Mensch sein. Wohl scheint er alles zu besitzen, was – wie man so sagt – das Glück dieser Erde ausmacht: Geld wie Heu, einen großen, an eine Burg erinnernden Hof, stattliche Tiere und die fruchtbarsten Felder; sein Wort hat Gewicht, fast alle kuschen vor ihm. Aber – gehört zu ihm auch nur ein einziger Mensch, der ihn wirklich liebt? Nun, immerhin, der hat einen Hund . . .«

»Aber das, Oma, ist doch gar nicht wenig!« rief Karlchen lebhaft aus. Wie immer, wenn es um Tiere ging, denen er sich wie ein Freund verbunden fühlte, zeigte er heftige Anteilnahme. »Ich kenne diesen Hund. Muckel heißt er. Den habe ich mir sogar ziemlich genau angesehen, wenn auch aus einiger Entfernung. Das ist ein wunderschönes und ein sicher sehr liebes Tier.«

»Der?« Hermine Bartosch glaubte sich verhört zu haben. »Ein kläffender, aufdringlicher, eigensinniger kleiner Köter ist das! Gar nicht wenige halten ihn sogar für hinterhältig, wenn nicht für bösartig.«

Karlchen schüttelte eifrig den Kopf. »Da bist du aber völlig schief gewickelt, Oma! Muckel ist ein sehr einfühlsames Tier von angenehmstem Wesen. Es hat Seele! Dieser Hund wird hier verkannt, ganz einfach verkannt.«

Darüber gedachte Hermine Bartosch keinesfalls zu streiten. Vielmehr kam ihr das Wort – »Seele« – offenbar gerade recht; jenes »verkannt« noch dazu. Sie spann weiter ihre Fäden – was daraus aber entstehen sollte, wußte sie nicht, noch nicht.

»Verkannt, hast du gesagt, Karlchen? Das ist eine gute Bezeichnung, die könnte auch auf Pankraz Pokorny zutreffen. Auch bei dem gibt es wohl Augenblicke, in denen er sich verraten und verkauft vorkommt.« Und beinahe hätte sie nun hinzugefügt: auch durch mich. Derartige Gedanken jedoch vermochte sie gerade noch rechtzeitig nicht laut werden zu lassen.

»Von seinem Muckelchen jedenfalls wird selbst der nicht verraten«, meinte Karlchen. »Tiere sind zu menschlichen Gemeinheiten nicht fähig; am allerwenigsten Hunde. Es sei denn, man richtet sie dazu ab. Doch so was gibt es, Gott sei Dank, in unserem Land nicht.«

»Diesen Muckel habe ich damit gar nicht gemeint«, versuchte die »Oma« zu erklären. »Mit dem hat Pokorny offenbar nicht die geringsten Probleme. Doch wirkliche Schwierigkeiten, mit denen er fertig werden muß, bereiten ihm wohl einige Menschen – zu denen auch seine eigenen

Söhne gehören. Und zwar drei. Doch keiner von denen gleicht diesem Vater, der einstmals hoffnungsvoll daran geglaubt hat, daß die Äpfel nicht weit vom Stamme fallen. Was ein Irrtum ist. Dabei muß man mit den jeweiligen Witterungen rechnen; immer wieder auf widrige Winde achten. Zumal dann, wenn man selbst so viel Wind macht wie Pankraz.«

»Muß das aber«, fragte Karlchen nahezu lauernd, »ein Dauerzustand sein? Kann ich nicht begreifen!« Wollte er wohl auch nicht.

Pankraz Pokorny hatte drei Söhne.

Der Erstgeborene begann sein Bärenwald-Dasein am 24. Dezember 1890. Womit sein erster Blick – es war ja Heiligabend – auf einen im Kerzenlicht strahlenden Tannenbaum fiel. Und den soll er, wurde später erzählt, anteilnehmend betrachtet haben; sozusagen als ein ihm höchstpersönlich gewidmetes Geschenk des Christkindes.

Dieser erste Pokorny-Sohn erhielt den Namen Peter-Paul. Er war ein ungemein stattlicher Knabe. Prächtig gewachsen, festes Fleisch in rosiger Haut, und ausgestattet mit einer derart hell-starken Stimme, daß sein Erzeuger, als er sie vernahm, ihn beglückt anlächelte. Die kleinen Finger vermochten ganz fest zuzugreifen, schienen die Hand des Vaters zu suchen, der dann freudig ausrief: »Er ist es!« Was gewiß heißen sollte: Der ist mein Erbe!

Der stolze Vater trug seinen geliebten Erstling oft stundenlang im Haus herum, auf den Hof hinaus, in die Stallungen hinein. Das tat er zumindest so lange, bis sich der Kleine kräftig brüllend freistrampelte; und so ziemlich deutlich forderte, endlich in Ruhe gelassen zu werden. »Der hat vielleicht Kräfte – wie ein kleiner Ochse!«

Es sah mithin so aus, als werde es Peter-Paul gelingen, die hoch- und weitgespannten Hoffnungen seines Vaters zu erfüllen. Allerbestes bäuerliches Blut pulsierte in seinen Adern. Und sehr frühzeitig entwickelte er ein feines Gespür für das, was Tieren guttat, was der Boden hergeben konnte, was die Anzeichen für das Wetter zu bedeuten hatten. Eine derartig vielversprechende Erbanlage garantierte beste Ernten und wertvolle Zuchterfolge, ließ offenbar neue Waldgebiete in den ostpreußischen Himmel wachsen, Seen zu Fischfanggebieten werden.

In der Tat: Angesichts eines solch vielversprechenden Sohnes durfte sich Pankraz Pokorny glücklich fühlen. Und so gebärdete er sich denn auch. In jener Zeit gab er sich freundlich und großzügig: Die Kirche des Dorfes erhielt neue Fenster mit ländlichen Motiven in Bernsteinfarben, der freiwilligen Feuerwehr wurde eine erstklassige Spritze bewilligt; und der Teich inmitten des Gemeinwesens wurde zur Freude aller Enten und Gänse großzügig erweitert.

Pankraz jedenfalls schwelgte in jenen Jahren geradezu in dem Bewußtsein, einen absolut einzigartigen Sohn gezeugt zu haben, noch dazu, wo er ihm in der äußeren Erscheinung durchaus zu gleichen schien. Woraufhin er alsbald noch weit mehr erstrebte: eine Art Vollkommenheit, aber im ostpreußischen Sinne. Dieser sein Peter-Paul sollte, mußte zu seinem unverkennbaren Ebenbild werden. Was gewiß nur äußerst mühsam zu schaffen war, ihm jedoch als ein hohes, wenn nicht gar hehres Ziel erschien – und jeden Einsatz wert.

Mithin also begann er seinen Peter-Paul regelrecht »zu trimmen«, sich »zurechtzustutzen«, ihn immer zielstrebiger »an die Kandare zu nehmen«. Er forderte ihm alsbald so gut wie alles ab, was er, eben er, sich von seinem Erben erhoffte. Diese beharrlich planmäßige »Lehre« erstreckte sich über viele Jahre. Und je mehr sich der Sohn bemühte, seine Kräfte zu entfalten, um so intensiver wurden die Forderungen und Ansprüche des Vaters. »Du mußt – und du kannst!« verlangte er. Und das setzte er auch durch. Peter-Paul, ohnehin bereits frühzeitig reichlich wortkarg, fiel alsbald immer häufiger in ein langanhaltendes Schweigen. Was Pankraz für eine sehr ostpreußische Tugend hielt, was an und für sich gar nicht ganz falsch war.

Dann allerdings trat eines Tages ein Ereignis ein, welches Pokorny kaum erwartet haben dürfte. Der inzwischen mächtig gewachsene Sohn begehrte auf. Er warf die Mistgabel weg und sprach, was bei ihm Seltenheitswert besaß, mehrere zusammenhängende Sätze. Nämlich diese: »Ich lasse mich von dir nicht länger behandeln wie Zugochse und Lastesel. Ich scheiße auf deinen Hof und das Erbe. Mich siehst du hier nie mehr wieder.«

Das war nicht nur so dahergesagt worden, handelte es sich doch um ostpreußische Worte; gründlich ausgebrütete, sehr ernst gemeinte Worte; denen Taten folgten – völlig unvermeidbar.

Noch am gleichen Tag verließ Peter-Paul den Pokorny-Hof. Er war genau 21 Jahre alt und damit rein rechtlich ein freier, sein eigener Mann. Er nahm nicht mehr mit als das, was er auf dem Leib trug. Auch darauf legte er Wert.

»Du kommst wieder!« brüllte ihm der empörte Alte nach.

»Vielleicht zu deiner Beerdigung«, erwiderte der Sohn.

Worauf er sich dann, nur fünf Kilometer südwärts, beim Wildgänsesee ansiedelte. Dort wurde er Waldgänger, Schnapsbrenner und Betreuer von verwundeten und erkrankten Tieren; ein Wesen, das eher einem Bären denn einem Menschen glich. Zumindest wünschte er offensichtlich fortan für dieses Dorf nicht mehr zu existieren. Was irgendwie verständlich war.

Eine »Kleinigkeit« allerdings durfte nicht übersehen werden: Der Wildgänsesee, und damit auch die Peter-Paul-Hütte, gehörten zum sogenannten »großen Judenhof«, also zum Bereich und Besitz des Viehzüchters Siegfried Seelinger.

Ein Jude – na, und was für einer! Doch ausgerechnet den betrachtete Pankraz Pokorny als seinen Freund! Was allerdings eine »Freundschaft« war, die sich zuweilen nur recht mühsam aufrechterhalten ließ. Und kaum jemals als »billig« bezeichnet werden konnte. Beide konnten Lieder, wenn nicht gar Balladen davon singen. Wollten dies aber nicht. Schien nicht angebracht zu sein.

Der zweite der Pokorny-Söhne wurde so an die fünf Jahre später geboren, genau am 18. Januar 1895. Und weil dieser Tag auch zugleich das Geburtsdatum Seiner Majestät des Kaisers war – hierzulande »Majestätchen« genannt –, erhielt der Junge den betont patriotisch klingenden Vornamen Friedrich-Wilhelm. Auch er war – na, was denn wohl sonst – ein stramm gewachsenes Kerlchen, das sich sehen lassen konnte. Friedrich-Wilhelm erwies sich sehr bald als ein ausgesprochen flotter Bursche. Er war von schneller Beweglichkeit wie ein Jagdhund, kräftig und ausdauernd wie ein Pferd und hoch und schlank gewachsen wie eine Tanne. Ein ganz prächtiges Kerlchen, und so war es nicht weiter verwunderlich, daß es nur wenige weibliche Wesen gab, denen sein Anblick kein Wohlgefallen zu bereiten vermochte; und so manches Mädchen errötete hold, sobald der Stattliche ihr zulächelte.

Leider aber blieb es dabei: Auf dem Pankrazhof war Friedrich-Wilhelm der »Zweitgeborene«. Und solange sein Vater damit rechnen zu können glaubte, daß Peter-Paul sein Erbe antreten würde, so lange behandelte er den Nachgeborenen zwar mit bäriger Herzlichkeit, ließ ihn aber die angeborene Zweitrangigkeit deutlich spüren. So war es nicht ganz unverständlich, daß sich Friedrich-Wilhelm maßlos gekränkt, in seiner »Ehre«, welche er für sehr ausgeprägt hielt, angetastet fühlte. Das jedoch zeigte er nicht; er würgte es in sich hinein.

Nachzutragen jedenfalls oder gar zu äußern schien er nichts. Vielmehr versuchte er bei allem, was er unternahm, seinem Vater zu imponieren. Und da nun mal der Hof für ihn sozusagen blockiert war, verlagerte sich sein Tatendrang in patriotisch-nationale Gefilde; dort fand er Bestätigung und Anerkennung. Frühzeitig schloß er sich der Jungmännergruppe des Soldaten- und Veteranenbundes an und natürlich dem Turn- und Sportverein, der freiwilligen Feuerwehr, wo er dann sehr bald leitende Positionen errang. Eine geborene »Führerpersönlichkeit« sei er, wurde gesagt.

Als Siebzehnjährigem gelang es ihm sogar – ein feierlich erglühter Freiwilliger –, das Ende des Ersten Weltkrieges mitzuerleben. Aus dieser Prüfung ging er sozusagen »gestählt« hervor, zu einem deutschen Manne gereift. Als er dann wieder die dörfliche Heimaterde betrat, war er Unteroffizier und benahm sich entsprechend: Bärenwalde besaß jetzt einen Vaterlandsverteidiger allerersten Ranges.

Trotzdem schaffte er es nicht, den damals noch auf dem Pokorny-Hof weilenden erstgeborenen Peter-Paul irgendwie zu verdrängen oder auch nur in den Schatten zu stellen. Was ihn, den mit unverwüstlichem Selbstbewußtsein gesegneten Friedrich-Wilhelm, gewissermaßen »wurmte«. Denn schließlich glaubte er zu wissen, daß sein Bruder so gut wie nichts von jenem ihm eigenen federnden Glanz und heroischen Gemüt besaß. Erkannte der Vater denn nicht die mürrische Maulfaulheit und schwerfällige Unbeholfenheit des Älteren – erspürte er nicht, wer da der Bessere, der Strahlendere, der Würdigste war?

Immerhin ließ sich Pankraz Pokorny eines Tages dazu herab, Friedrich-Wilhelm zu trösten: »Du, Jungchen, bist ganz gewiß einer der prächtigsten Kerle, die ich jemals erblickt habe; ein durchaus stattlicher Mast, an dem immer eine Flagge weht. So was gefällt unseren heldischen Männern, die den Krieg überstanden haben, und vielleicht sogar auch den Witwen, deren Männer nicht zurückgekommen sind. Aber – mit derartigen Fähigkeiten kann man keine Felder düngen, keine Kühe melken oder Schweine mästen. Du bist nicht dazu veranlagt, zu denken wie ein Bauer – vermutlich weißt du nicht einmal, wie weit Schafe scheißen können. Doch das macht ja nichts, so was verlangt auch keiner von dir. Du kannst so bleiben, wie du bist; dann wird das schon seine Ordnung haben.«

Mit diesem wohl ein wenig merkwürdig väterlichen Trost gab sich Friedrich-Wilhelm indessen keineswegs zufrieden. »Was ich wirklich kann«, versicherte er, »werde ich dir noch beweisen.« Was wohl heißen sollte: Dann aber wirst du staunen – über meine Fähigkeiten.

»Worauf ich mächtig gespannt bin«, nickte der Vater. »Wie ein Flitzebogen.«

Unmittelbar anschließend zog sich Friedrich-Wilhelm zunächst einmal aus Bärenwalde zurück. Und zwar gleich bis nach Oberschlesien, wo er sich wackeren Freikorpskämpfern anschloß. Und wenn denen auch kein sonderlicher Erfolg beschieden war, so war ihm persönlich das wohl kaum anzulasten. Doch so ganz vergeblich war das alles für ihn nicht. Denn patriotisch gesinnte Kreise – von denen es in Ostpreußen eine ganze Menge gab – begannen auf ihn aufmerksam zu werden, behielten ihn wohlmeinend im Auge, waren sogar bereit dazu, seine deutschnationale Energie zu würdigen.

Das sollte dann ganz handfeste praktische Folgen zeitigen. Nachdem er den Kameraden im gleichen untrübbaren Geist feierlich gelobt hatte, sich für das wahre Deutschland und die ewige Heimat einzusetzen, konnte er die Laufbahn eines Försters einschlagen. Dank derartigen Unterstützungen, die niemals ganz erlahmten – was einiges mit »Frontkampfgeist« zu tun hatte –, wurde er wohlbestallter Forstbeamter und konnte – das hatte er sich ausgebeten – in unmittelbarer Nähe von Bärenwalde landen. Wo er dann das Wild hegte und den Patriotismus pflegte – und wartete.

Doch seine Stunde wollte und wollte nicht kommen! Nicht, was den Pokorny-Hof betraf, als dessen doch wohl würdigster Erbe er sozusagen beständig Gewehr bei Fuß stand. Zwar hatte inzwischen der Bruder Peter-Paul seinen Vater und somit den Hof verlassen, doch da gab es auch noch einen anderen Bruder – den dritten in der Familie.

Der dritte Sohn des Pankraz Pokorny war gleichfalls so etwa fünf Jahre nach seinem Vorgänger zur Welt gekommen – am 21. März 1900. – An jenem Tag also, an dem laut Kalender der Frühling beginnt. Dabei schneite es in und um Bärenwalde sanft und ausdauernd; was zumindest für die Kartoffel- und Rübenfelder recht gut war, die erhielten dadurch gesunden Nachwintersaft.

Der scheinbar friedvoll vor sich hin lächelnde Knabe sollte auf den Vornamen Emanuel getauft werden. Das war der letzte Wunsch seiner Mutter gewesen. Danach starb sie.

In jenem Jahr wähnte Pankraz sein Erbe durch Peter-Paul, den Erstgeborenen, noch als absolut gesichert. Also konnte Friedrich-Wilhelm, sein zweiter Sohn, getrost Soldat spielen – entsprechend dem Vorbild der adligen Abkömmlinge dieses Landes. Und wenn nun der dritte, eben Emanuel – was ein hierzulande unüblicher und auch reichlich seltsam klingender Name war –, einmal das Verlangen bekunden sollte, Geistlicher oder etwas ähnlich Staatserhaltendes werden zu wollen – na, warum nicht? Vielleicht sogar so was wie ein Gelehrter, wie weiland dieser Kant in Königsberg – nur zu!

Dieses Frühlingskind Emanuel jedenfalls erwies sich als ein lieber, guter, strebsamer Junge. Überraschenderweise kam dann auch noch zum Vorschein, daß er ein ziemlich intensives Interesse an bäuerlichen Vorgängen bekundete. Und wenn er auch rein körperlich keinesfalls so robust gebaut war wie seine Brüder – so hinderte ihn das kaum daran, eine zähe und konstante Einsatzbereitschaft zu entwickeln. Was Pokorny erfreute, auch wenn er sich zunächst noch nicht allzuviel davon versprach.

Also sah er lächelnd zu, wie der kleine Emanuel über die Felder wieselte, Bäume betrachtete, sie abtastete, in den Stallungen herumschnüffelte. Dann jedoch, nur ein wenig älter geworden, begann sich sein jüngster Sohn um Verbesserungen in der landwirtschaftlichen Praxis zu bemühen. Er organisierte eine zentral gesteuerte Befütterung der Kühe, entdeckte eine Methode zur Vereinfachung der Stallausmistung. Und dann gelang es dem sogar, die Milchproduktion erheblich zu steigern; indem er eine gediegene Euterpflege mittels bestimmter Öle und Salben einführte.

Das waren beachtenswert wohldurchdachte Planungen, welche dann im Laufe der Jahre immer mehr verfeinert und erweitert wurden. Woraus sich Konsequenzen aufdrängten, denen auch Pankraz Pokorny nicht einfach ausweichen konnte. Mithin blieb ihm schließlich wohl kaum etwas anderes übrig, als nunmehr Endgültiges festzustellen.

Erstens: Peter-Paul, sein Erstgeborener, verschmähte das Erbe. Zweitens: Sein weiterer Sohn, Friedrich-Wilhelm, war nicht fähig, diesen Hof zu betreuen und zu verwalten. Woraus sich dann, drittens, ergab: An ihre Stelle könnte, müßte jetzt wohl treten: der liebe Emanuel.

Von einer solchen Erkenntnis wurde Pankraz mehr und mehr beherrscht. Worauf es ihm dann gar nicht mehr schwerfiel, sich an den Gedanken zu gewöhnen, daß dieser Emanuel bemüht war, so was wie ein »Schatten« seines Vaters zu sein. Nun ja – auch wenn es sich dabei, verglichen mit Pokornys mächtiger Gestalt, um einen ziemlich kleinen Schatten handelte.

Doch immerhin: Die große Beweglichkeit dieses Jungen in körperlicher wie auch geistiger Hinsicht war aller Anerkennung wert. »Du, Emanuel«, gestand sodann Pankraz seinem Sohn zu, »bist doppelt so schnell wie dein ältester Bruder und kannst dreimal so gut denken wie Friedrich-Wilhelm. Ganz gut – soweit. Doch nun mußt du versuchen, auch den Kräften deiner Brüder zu entsprechen – wenn nicht gar diese zu überbieten.«

Jedenfalls schien sich nun auf dem Pokorny-Hof endlich wieder alles in den richtigen Bahnen zu bewegen. Der Besitz würde also in Hände übergehen, denen zu vertrauen war – wenn auch nicht gerade sonderlich starken, so doch höchst geschickten. Und Pankraz glaubte nun einige Veranlassung zu haben, sich wohl fühlen zu können. Er war sehr bereit dazu.

Bis dann allerdings jener Tag kam im schicksalsträchtigen Jahr 1930. Und der hat dann diese einigermaßen ausbalancierte Familienharmonie brutal zerstört. Denn an diesem Tag begehrte der ansonsten stets angenehme, bisher völlig unkompliziert wirkende junge Mensch – wenn auch inzwischen so an die dreißig Jahre alt –, einen Wunsch zu äußern. Einen völlig unerwarteten. Er wollte heiraten.

Eine Ankündigung, über die sich Pokorny nahezu spontan hocherfreut zeigte. Denn eine Bauernhochzeit gehörte schließlich zu den schönsten Festerlebnissen in diesem traditionsreichen Land. Und man konnte sich außerdem zahlreiche herumhüpfende Enkelkinder vorstellen; wobei es sich gewiß hauptsächlich um Jungen handeln würde, denen es gegeben wäre, eine weitere Erbfolge zu sichern.

»Na, prächtig, ganz prächtig, mein Junge!« versicherte der Vater dann auch. »Also – dann wollen wir mal! Dir eine stattliche, unserer Familie angemessene Braut aussuchen!«

»Das, Vater, habe ich bereits getan.«

»Was du nicht sagst!« Pokorny war ehrlich überrascht, ohne sich gleich irgendwie unbehaglich zu fühlen. »Hätte ich dir kaum zugetraut! Wobei ich meine, daß du bei deiner emsigen Arbeit doch wohl kaum noch die Zeit gefunden hast, dich nach einer Braut umzuschauen. Hast du aber – offenbar! Na schön – wer ist denn die Glückliche? Kenne ich sie?«

»Die kennst du. Es ist Elfriede Bartosch.«

Das war eine Auskunft, die sogar Pankraz Pokorny innerhalb weniger Sekunden auf das merkwürdigste verwandelte. Zunächst einmal stand er da wie zu einer Salzsäule erstarrt. Dann schienen ihn zuckende Bewegungen zu überkommen; und zwar gleich von einer solchen Wildheit, als sei er von einer Tarantel gestochen worden, richtiger wohl, weil es eben hierorts Taranteln nicht gab: wie gebissen von einer Kreuzotter. Solche Exemplare existierten hier.

»Die nicht!« brüllte Pankraz Pokorny sodann auf. Und das derartig machtvoll und mit einer unbarmherzigen Entschiedenheit, daß selbst sein stets verständnisvolles Mukkelchen ihn leicht verstört anblickte. »Nicht die!«

»Nur die!« sagte Emanuel. Und das mit einer starr-sturen Bestimmtheit, welche der entschlossenen Haltung seines Vaters offensichtlich kein bißchen nachstand. Nur, daß die sich ungleich sanfter anhörte; aber eben dadurch vielleicht noch ein wenig bedrohlicher.

Wobei deutlich wurde, daß dieser Vater und sein Sohn bei allen erdenklichen Verschiedenheiten einander durchaus ebenbürtig waren. Wie aus gleichem Holz geschnitzt. Mit den gleichen Eigenwilligkeiten ausgestattet – oder gesegnet.

Zwei typisch ostpreußische Charaktere. Was furchtbar schön sein kann. Aber auch gefährlich.

Um diese Vorgänge in bezug auf Pankraz Pokorny ins rechte Licht zu setzen, sind nun wohl einige zusätzliche Bemerkungen unvermeidlich.

Die Mutter dieser drei Söhne, Amalie, war eine geborene Körner; eine weit entfernte Verwandte der Barone von Bachwitz-Körner. Auf deren Gut hatte sie ihre Jungmädchenjahre verbringen dürfen – als tüchtige und geschätzte Arbeitskraft, zumeist in der Küche. Sie galt als äußerst geschickt, konnte ausgezeichnet kochen und gewinnbringend wirtschaften. Und schön war sie auch noch – wenn auch nicht im handfesten, ostpreußischen Sinne.

Dort, auf dem Gut, hatte sie der Jungmann und künftige Großbauer Pankraz aufgespürt, schon damals ein impulsiver, blutvoller Mensch, der dröhnend auftrat und fest zupacken konnte. Als er Amalie Körner zu heiraten begehrte, wurde sein Antrag schroff abgelehnt – und das sowohl von dem jetzigen, damals noch sehr jungen Baron, als auch vor allem von dessen Vater, der noch bornierter war. Ein Pankraz jedoch ließ sich davon keineswegs abschrecken; vielmehr stellte er seine Gegenspieler zum Gaudium aller Bärenwalder Einwohner – vor eine vollendete Tatsache, die ihm von den Baronen niemals verziehen wurde: Er machte der Jungfrau ein Kind.

So also war Pokornys Erstling entstanden, der Prachtjunge Peter-Paul; er kam nur wenige Monate nach der dann unvermeidbar gewordenen Hochzeit zur Welt. Amalie war Pankraz eine gute Frau. Und nicht nur, weil sie ihm noch zwei weitere gleichfalls recht ansehnliche Knaben gebar; sie bemühte sich auch – vermutlich nicht zuletzt, um den Baronen zu zeigen, was die an ihr verloren hatten –, den klobigen Pokorny-Hof in so etwas wie einen Herrensitz zu verwandeln.

Leider war es der beinahe adligen Amalie von der Natur nicht vergönnt, die vitalen, kraftvollen Qualitäten eines ostpreußischen bäuerlichen Weibsbilds zu entwickeln. Ihr eher zierlicher Körper hielt auch ihrem erstaunlichen Willen nicht lange stand; sie begann zu kränkeln wie ein überfordertes Rassepferd, das nichtswürdigerweise als Zugtier mißbraucht worden war. Bereits die Geburt ihres zweiten Sohnes – eben jenes Friedrich-Wilhelm – gestaltete sich äußerst kompliziert und gab Anlaß zu erheblicher Besorgnis. Dennoch überstand sie diese Geburt noch. Doch bei der von Emanuel, ihres dritten Kindes, starb sie.

Pate aller drei Jungen war übrigens Siegfried Seelinger, der Jude. Pankraz wußte keinen Besseren und hätte auch weit und breit niemanden finden können, der würdiger gewesen wäre. Sie waren nun mal Freunde, so schwer ihnen das auch manchmal fallen mochte.

Verantwortlich jedoch war die Hebamme Hermine Bartosch. Und der gegenüber, geplagt von Trauer und Trotz und nach Schuld suchend – niemals bei sich –, leistete es sich Pankraz, ihr, ausgerechnet ihr vorzuwerfen, sie sei nicht unschuldig an der Krankheit, den Leiden, dem frühen Tod seiner Frau. »Du«, behauptete er sogar, »hast versagt!« Um sich dann noch zu einer Andeutung zu versteigen, die Hermine niemals vergaß und die lebenslang böses Blut schaffen sollte: »Vielleicht hast du gewollt, was da geschehen ist.«

Die Bartosch reagierte kalt abweisend: »Dies ist das letzte Wort gewesen, das du jemals an mich gerichtet hast. Von nun an gibt es dich nicht mehr für mich!«

Eine aus Überzeugung hervorgebrachte, aber wohl voreilige Feststellung, wie sich zeigen sollte. Denn auch danach noch gab es den Pankraz und die Hermine sehr wohl füreinander – wenn auch nur eine kurze, so doch sehr heftige Zeit lang. Eigentlich nur für wenige Tage war es dann gewesen, als hätten sie einer beim anderen Trost oder Hilfe gesucht, um zu vergessen. Doch was war wirklich? Wer will sich anmaßen, so etwas zu ergründen.

Nun, wie das auch gewesen sein mag: Sehr bald trennten sie sich wieder; als sei unversehens Feuer auf Eis geprallt, als hätten sie Angst, aneinander zu verbrennen. Zurück blieben Wunden, die unheilbar schienen; zumindest wurde von beiden versucht, jede Erinnerung daran abzuwürgen, zu verdrängen.

Jedenfalls lagen fortan zwischen ihnen Welten. Auch wenn sie nur wenige hundert Meter voneinander entfernt lebten, gingen sie sich konsequent aus dem Weg. Und falls es unvermeidlich war, sich dennoch irgendwann einmal zu begegnen, waren sie bestrebt, sich zu übersehen – als sei der andere aus Glas. War mühsam, aber zu machen; mußte gemacht werden. Schließlich hielten sie sich für erklärte Feinde – und das seit nunmehr bereits dreißig Jahren. Die beiden hatten, wie man hierzulande zu sagen pflegte, »Haare auf den Zähnen«. Und eine Folge dieser erbarmungslosen Fehde bestand darin, daß sich Pokorny darum bemühte, einen »richtigen Arzt« hierher zu holen, und zwar, wie er unverschämt verkündete, um dieser Hebamme »das Handwerk zu legen«. Tatsächlich gelang es ihm dann auch, einen damals noch sehr jungen Medizinmann aus dem Königsberger Raum zu finden: Doktor Anatol Breisgauer.

»In unserem schönen Dorf, Doktor, werde ich dir ein Haus zur Verfügung stellen. Hier kannst du gut und ungestört leben; du brauchst dich nur um unsere Gesundheit zu bemühen.« Und weil sich vermutlich ein zusätzlicher Tierarzt wohl kaum in das Dorf verirren würde und auch finanziell nicht zu verkraften war, fügte Pankraz hinzu: »Na – und die Gesundheit unserer Tiere – sollte dir ebenfalls am Herzen liegen.«

Aber er versäumte es auch nicht, den unmittelbaren Anlaß offen zu bekennen: »Dabei mußt du wachsam sein, Doktor – also etwa der Hebamme Bartosch auf die Finger schauen. Das ist ein Drachen, mußt du wissen. Gar nicht ganz ausgeschlossen, daß die einige Menschenleben auf dem Gewissen hat. Bemüh dich jedenfalls zu beweisen, daß du dein Geld wert bist, lieber Doktor.«

Anregungen, Hinweise, Ermahnungen, die Dr. Anatol Breisgauer hinnahm, ohne sie ausdrücklich zu bestätigen. Was er wohl allein in seinen großen, bleichen Augen hatte, war das ihm hier zur Verfügung gestellte Haus – ein gar nicht kleines, mit stattlichem Vorgarten. Also zögerte er kaum, nach Bärenwalde überzusiedeln. Dabei wurde er begleitet von einer stattlichen Frau, einem richtigen Großstadt-Geschöpf – eben aus Königsberg. Und zu beiden gehörte die damals noch sehr kleine Tochter Barbara.

Diese Barbara war inzwischen zu einer durchaus ansehnlichen jungen Frau herangereift. Und die war es, die Pankraz Pokorny an seine unvergessene Amalie erinnerte. Wer also wollte es ihm verdenken, daß er immer stärker den Wunsch verspürte, diese schöne Person als Schwiegertochter in sein Haus zu holen. Diese Barbara also war es, die sein Sohn Emanuel heiraten sollte – keine andere! Schon gar nicht jene unehelich geborene Elfriede Bartosch, die nicht viel mehr sein konnte als eine erschrekkende Zweitausgabe ihrer entsetzlichen Mutter Hermine.

Nichts schien für Pankraz quälender zu sein, als sich Elfriede auf seinem Hof und in den Armen seines Sohnes vorzustellen. Immer wieder bellte er Emanuel hitzköpfig an: »Wenn du heiraten willst – dann Barbara!«

Und immer wieder knurrte Emanuel zurück: »Niemals! Nur Elfriede kommt für mich in Frage. Und die hole ich mir auch.«

Dr. Anatol Breisgauer jedenfalls war, wie gesagt, von Pankraz Pokorny höchstpersönlich nach Bärenwalde gelockt worden – mit schönen Worten und noch besser klingenden Versprechungen. Im Jahre 1906. Nun gut – er kam und blieb. Daß er sich hier sonderlich wohl oder gar glücklich gefühlt hätte, war zu bezweifeln. Doch immerhin: Ein Häuschen mitten im Dorf, ein garantiertes solides Einkommen, ein einflußreicher Gönner wie Pankraz – wenig war das nicht.

Die ungemein attraktive Frau des Doktors allerdings fühlte sich offenbar in diesem Bärenwalde unter den Wilden; sie verzweifelte sichtlich und zögerte kaum, den Mann zu verlassen. 1913. Damals erlag sie den Verlockungen eines gewiß schneidigen Leutnants aus dem Geschlecht der Barone von Bachwitz-Körner. Dafür ausgereicht hatte eine glutvolle Sommernacht am Bärensee. Ihr Mann blieb zurück – mit Tochter Barbara.

Der Doktor nahm das hin; ohne sonderlich zu klagen, möglicherweise sogar mit einer gewissen Erleichterung. Anatol war ein schmächtiges Männlein mit kurzsichtigen Sehnsuchtsaugen und einer sonoren Krankenpflegerstimme. Sein Kopf allerdings war groß wie ein Kürbis und auch in etwa so geformt; ein selbst für die Bärenwalder Verhältnisse stattliches Gewächs.

Breisgauer erzog seine Tochter Barbara, wie allgemein anerkennend festgestellt wurde, geradezu vorbildlich; mit väterlich liebender Strenge, aber auch mit nachsichtiger

Geduld. Er ließ ihr sogar in Allenstein auf dem Lyzeum eine mehrjährige höhere Bildung angedeihen, plus Tanzstunden, Klavierunterricht und Kochkursus.

Danach nahm er seine Barbara wieder zu sich und weihte sie mit sichtlichem Erfolg in medizinische Aufgaben ein. Und alsbald wurde ihre fröhlich zupackende Art sogar in Bärenwalde respektiert – ob sie nun menschliche Patienten betreute oder eben hilfsbedürftige Tiere: Sie hatte alles gut im Griff und das einigermaßen fest.

Wenn nun also der Großbauer Pankraz Pokorny die nunmehr fünfundzwanzigjährige Barbara als die denkbar beste Braut für seinen jüngsten Sohn Emanuel hielt, so war das kaum überraschend. Nicht einmal für den Vater, Doktor Breisgauer. Der schien darauf mit nahezu weiser Gelassenheit zu reagieren.

Dabei handelte es sich jedoch wohl eher um Resignation. Denn er, welcher einst als junger Arzt diese Welt mit Adlerschwingen zu erobern trachtete, kam sich nunmehr vor wie eine von nächtlichem Weben eingehüllte, vor sich hin blinzelnde Eule. Doch immerhin, eine gewisse Klugheit, wenn nicht gar Weisheit, war auch diesen Tieren zuzutrauen.

Früher einmal – ach, wie lange war das schon her – hatte ihn in seinen heimlichen Träumen das Verlangen heimgesucht, einstmals zu einem weithin beachteten und geachteten medizinischen Wohltäter der gesamten Menschheit aufzusteigen. Nunmehr jedoch gingen seine versteckten Sehnsüchte in eine ganz andere Richtung: Es verlangte ihn danach, mit hohem Geist erlesene Feinheiten zu erfinden, was er als seine wahre Aufgabe zu bezeichnen pflegte. Ein Dichter – wollte er werden. Sein.

Jawohl, ein Dichter! Einer der Heimat, dieser Heimat, die ihn einzuhüllen, ihn zu erfüllen begann. Zu der er gehörte – wie ein Baum, ein Tier, eine Wolke am Himmel. Mithin brütete er nun, zumeist in nächtlicher Einsamkeit, wundersamste Verse aus. Etwa:

Mühsal ist dein Leben, armer Christ,
die Erde nur ein Jammertal,
freu dich, wenn du erlöset bist
und dich beglückt das Ende aller Qual.

Oder:

Hunger ist ein schlechter Koch,
der Schnaps zerstört die Eingeweide,
dein Hirn ist kaum mehr als ein Loch,
dein Leben steht auf Messers Schneide.

Dererlei poetische Weisheiten jedoch direkt unter das Volk zu bringen, genierte sich der Doktor. Schließlich konnten diese womöglich als aufdringlich empfundenen ärztlichen Ratschläge mißverstanden werden. Denn was allein diesen »Schnaps« betraf, so durften hier wahrlich diesbezüglich keinerlei Späße gewagt werden; das war sozusagen tabu. Das hatte hier also möglichst in Schubladen zu verschwinden. Wenn sich aber dennoch ein Weg in die Öffentlichkeit ergab, so war das keinem anderen als Pokorny zu verdanken.

Anläßlich eines Inspektionsbesuches bei »seinem Arzt« hatte Pankraz ein Buch mit deutschen, sehr deutschen Heldengedichten entdeckt – sogenannte »Kriegserlebnisse« aus den Jahren 1870/71 und 1914/18. Eine Sammlung, die er leicht schnaufend durchblätterte, um dann folgendes von sich zu geben:

»Weißt du, Doktor, da gibt es doch tatsächlich Leute, die nicht mal rausfinden, was bei einer Kuh vorn oder hinten ist – es sei denn, sie mampft oder macht gerade was. Aber wie diese unsere Welt aussieht, wodurch sie bewegt wird und wie sie funktioniert, das behaupten diese dämlichen Schleimscheißer doch tatsächlich zu wissen, und zwar ganz genau.«

Ebenso primitive wie aber auch peinliche Andeutungen, die den Poeten Anatol Breisgauer dazu veranlaßten, seine dichterischen Produktionen mit einer wohl durchaus angebrachten Vorsicht von sich zu schieben. Und zwar schob er sie dem Lehrer Schlaguweit zu – gleichsam vertraulich wie auch vertrauensvoll. Der jedenfalls griff die Verse auf; und zwar freudig. Um sie sodann – mit williger Genehmigung, wenn nicht gar nach einflüsternden Anregungen ihres Urhebers – dem Volk zukommen zu lassen, dem sie letzten Endes ja gewidmet waren.

Damit jedoch nicht genug der »künstlerischen« Möglichkeiten und Feinheiten. Darüber hinaus machte sich Schlaguweit daran, diese Breisgauer-Gedichte auch noch zu überarbeiten, höchst geschickt, wie er meinte – um sie dann wohltönenden, möglichst bekannten volkstümlichen Melodien zu unterlegen; wie etwa »Am Brunnen vor dem Tore« oder »Kein schöner Land in dieser Zeit« und was es da sonst noch so gab. Ausgenommen blieb lediglich »Ännchen von Tharau«. Diese heimliche ostpreußische Nationalhymne war selbst ihm heilig.

Die Breisgauer-Schlaguweit-Verse wurden zu einer Art »Volkspoesie« erklärt und alsbald fleißig nachgeplappert und mitgebrüllt. Das fing bei den Schulkindern an, übertrug sich auf die Vereinstreffen der Veteranen, der Heimatfreunde und der Feuerwehr. Zumeist wurden sie im Chor gesungen oder sonstwie feierlich dargeboten – deklamiert.

Sogar Karlchen, das Waisenkind, pflegte, wenn er durch das Dorf schlenderte, die Verse gelegentlich vor sich hin zu singen – allerdings mit gewissen Abwandlungen der Texte. Der muntere Kleine verwechselte – war es wirklich nur Verwechslung? – etwa »Pferdewiese« mit »Eingeweide«, »Sturmgebraus« mit »Hintern raus« oder »Christ« mit »Mist«. Und was ihm sonst noch an dergleichen Feinheiten einfiel; es waren gar nicht wenige.

Sobald Pokorny das Verlangen hatte, Breisgauer gegenüber in dessen Eigenschaft als Arzt einen Wunsch zu äußern, besser wohl, ihm eine Aufgabe zu übertragen, tat er das jedesmal mit einer gewissen Feierlichkeit. Nicht selten aber auch mit der Zusatzerklärung: »Das ist verdammt wichtig.« Was einer nicht nur indirekten Drohung gleichkam und ungefähr bedeutete: Wenn du es nicht tust, nicht kannst oder etwa gar nicht willst – nun ja, dann ...

Einer dieser Wünsche sah dann so aus: »Doktor! Du darfst deiner Tochter Barbara mitteilen, daß ich sie dazu ausersehen habe, meine Schwiegertochter zu werden.« Wobei er erst gar nicht glaubte sagen zu brauchen, welcher seiner drei Söhne der »Glückliche« sein sollte – das allerdings war ein Irrtum und ein Versäumnis, das sich später als schwerwiegender Fehler erweisen sollte. »Bereite sie sorgsam darauf vor; sie soll sich rechtzeitig damit vertraut machen. Na, du wirst das schon schaukeln!«

Ein anderer: »Doktor! Du kennst ja bereits meinen lieben Hund, das Muckelchen.« Der stand höchst aufmerksam dabei. »Er muß von edelster Rasse sein, da bin ich sicher.«

»Habe ich das herauszufinden?«

»Genau das wollte ich damit sagen. Besorge dir diesbezüglich alle irgendwie erforderlichen Bücher – auf meine Kosten, versteht sich. Schaff dir aber auch für den Fall des Falles allerbeste Instrumente und Medikamente an. Sollte nämlich Muckelchen irgendwann einmal krank werden, dann, Doktor, will ich dich auf der Höhe deines Könnens sehen!«

Der Pokorny-Hof war immer noch, wie schon in alten Zeiten, eine bäuerliche Burg. Wie geduckt lag er da, nicht sonderlich groß, doch mit starken, dicken Mauern, die von noch so schweren Rammböcken nicht zu durchbrechen wären. Überdies hielten sie in jedem Winter die hier nicht zu Unrecht sibirisch genannte Kälte ab; umgekehrt sorgten sie an glühenden Sommertagen für angenehme Kühle im Innern der Räume. Zumal die Fenster des Hauses so klein waren, daß sie Schießscharten glichen – hineinzusehen vermochte niemand, von innen jedoch konnte jederzeit beobachtet werden, was draußen vorging.

Die Wände dieses Panzerschildkrötenhauses waren schneeweiß angepinselt, die eingearbeiteten Balken jedoch nachtschwarz, so daß sie wie ein massiges Gitternetz erschienen.

»Wenn ich es nicht will«, pflegte Pokorny zu sagen, »kommt hier keiner rein – aber auch keiner raus!«

Es war mehr Höhle als Wohnstatt. Die geräumige Küche ging unmittelbar über in eine Art Speisesaal, mit einem Kamin, in dem man einen ganzen Ochsen hätte braten können. Die Eichenholzmöbel schienen gemacht für Riesen oder ausgewachsene Bären; jedenfalls hätten sich hier derartige monströse Lebewesen angenehm geborgen fühlen können.

Als hier noch – Gott habe sie selig – die gute Amalie lebte, hatte sie den Versuch gemacht, dieser mächtigen Großhöhle einen adligen Glanz zu verleihen. Die Möbel waren mit Ölfarbe überzogen worden, die Wände hatten einen rosigen Anstrich erhalten, und den Fußboden bedeckten statt des hierzulande oft üblichen weißlichen Streusands nunmehr weiche, geräuschdämpfende Teppiche. Die Fenster erhielten Vorhänge mit bunten Blumen, und ähnlich dekorative Kissen lagen überall herum.

Das hatte sich Pankraz Pokorny damals gefallen lassen, sogar mit wohlig brummender Zustimmung. Dann jedoch verschwand das alles wieder Stück um Stück, nachdem Amalie – inzwischen war das schon nahezu dreißig Jahre her – bei der Geburt ihres dritten Sohnes das Zeitliche segnen mußte. So wurde langsam, ganz langsam, doch unvermeidbar, dieses Haus wieder so, wie es einstmals gewesen war: eine klobige, leicht verwahrlost anmutende Gemütlichkeit. Nicht mehr farbig, kaum noch lichtweiß und nachtschwarz – vielmehr in Grautöne übergehend.

»Das habe ich meiner geliebten Schwester Paula zu verdanken«, pflegte Pankraz augenzwinkernd zu sagen. »Die läßt mich nicht aus ihren Fängen, das prächtige Biest!

Wenn sie aber jetzt kaum noch Zähne hat, dann wohl nur, weil sie sich die bei mir ausbeißen mußte.«

Diese seine Schwester war knapp zehn Jahre jünger als er; doch sie wirkte im Vergleich zu ihm bereits alt und verbraucht. Sie führte ihm »die Wirtschaft«, war mithin verantwortlich für Haus und Küche; aber auch für das Kleinvieh, welches stets eine Menge Mist machte: Hühner, Enten, Gänse. Womit sie recht gut fertig wurde – doch darüber hinaus besaß sie jene für jeden wahren Ostpreußen wohl wichtigste aller weiblichen Fähigkeiten – sie konnte hervorragend kochen.

Paula behauptete beständig, ihren Bruder Pankraz zu lieben, und der versicherte gleichfalls, so was zu empfinden. Was sogar irgendwie zutraf – für jeden von ihnen; auf ihre Weise. Doch immerhin hatte sich ihr Verhältnis zueinander im Laufe der Jahre, eigentlich Jahrzehnte, reichlich eigenwillig entwickelt – etwa so wie zwischen Hofhund und Hauskatze, welche beide unentbehrlich sind und sich dennoch anfauchen und anknurren. Und das taten sie dann auch – er mit wahrer Wonne, sie mit zäher Energie; wobei Paula gar nicht selten so was wie Angst empfand – eine Art Existenzangst vermutlich – vor diesem selbstherrlichen Pankraz-Bruder, der selbst für sie ein völlig unberechenbares Monstrum war. Ohne dessen erklärten Segen lief hier nichts.

Wie etwa das mit dem Lukas. Der Knecht gehörte zum ständigen Inventar dieses Hofes. Pankraz hatte ihn sogar, sozusagen augenzwinkernd, »für langjährige treue Dienste in verschiedener Hinsicht« zum Großknecht ernannt. Das allerdings ohne Gehaltserhöhung – dafür mit engerem Familienanschluß. »Wofür du dich gewiß dankbar erweisen wirst, wenn auch nicht gleich unbedingt bei mir . . .«

Lukas, mit Nachnamen Lipski, war einer jener Menschen, wie sie gleichsam zu dieser Landschaft gehören. Er glich einem Baum mit vielfach verknorrtem, fast versteinert wirkendem Wurzelwerk, welches weit, sehr weit in die Heimaterde hineinreicht. Bemerkenswert war seine abwartende Schweigsamkeit. Würgte er dennoch gelegentlich einige karge Wortbrocken aus sich heraus, dann klang das so: »Was soll ich da schon sagen? Wenn ich nichts sage, heißt das ›ja‹.« »Nein« jedenfalls sagte er nicht. Doch immerhin war ihm meistens anzusehen, was in ihm vorging und was er meinte.

In Bärenwalde jedenfalls war es kaum jemandem entgangen – sogar Karlchen hatte davon munkeln gehört –, was da vor sich ging. Lukas Lipski war der Pokorny-Schwester Paula zugetan, sogar recht innig; und das bereits seit Jahrzehnten. Doch in dem eigenwilligen und allein von ihm gestalteten Leben eines Pankraz waren beide dazu verurteilt, lebenslänglich ein »heimliches« Liebespaar zu bleiben.

»So ein Knecht«, meinte Pokorny klar, »auch wenn ich den zum Großknecht ernannt habe, ist auf meinem Hof da, um zu arbeiten; jedoch nicht, um in den hineinzuheiraten. Vergnügungen allerdings werden ihm von mir gegönnt; so veranlagt bin ich nun mal. Doch falls darunter seine Arbeit leiden sollte, ziehe ich ihm das vom Lohn ab. Wenn aber so was sogar meinen Haus- und Hoffrieden gefährdet, dann ist bei mir Sense!«

Er war nun mal Pankraz Pokorny, der Bauer, der niemals Wert darauf gelegt hatte, als ein »Herr« betrachtet oder gar bezeichnet zu werden. Ein eitler Tropf war er wahrlich nicht; sich wie ein Pfau aufzuführen, hatte er nicht nötig. Er war Pankraz Pokorny, und das reichte aus; völlig.

Wenn er speiste, wie an diesem Abend, saß er an der Stirnseite des großen Tisches in einem großklobigen Stuhl; fast konnte man sagen: dort thronte er. Zu seiner Rechten befand sich ein hoher Schemel mit niedriger Lehne, den hatte er eigens für sein Muckelchen zimmern, polieren und polstern lassen. Damit wurde diesem wundersamen Trollhund ein voller Überblick über alles ermöglicht, was am Tisch geschah. Er benahm sich trotzdem durchaus gesittet; womit er wohl ein gutes Beispiel zu geben trachtete; angesichts sonstiger Bärenwalder Bräuche.

Links von Pankraz saß seine Schwester Paula, neben ihr der Knecht, Großknecht, Lukas. Beide hielten zueinander allerdings einigen Abstand, als beabsichtigten sie, jede möglich verdächtig-vertrauliche Nähe zu meiden. Was wohl Pokorny, zumal bei Tisch, gar nicht gern gesehen haben würde. Doch eine solche Gefahr schien kaum zu bestehen.

Pankraz vollführte stets das üblich gewordene Zeremoniell: Er zog zunächst einmal alle herangetragenen Suppenterrinen, Bratenschüsseln und Kuchenbleche an sich heran, um die intensiv zu betrachten und zu beschnuppern. Dann erst teilte er jedem der Seinen das Seinige zu, Stück für Stück häufte er auf deren Teller. Allein, sein Hund, das Muckelchen, durfte völlig frei wählen. Und der schien sich der besonderen Ehre durchaus bewußt zu sein; doch seine Wünsche waren überraschend dezent.

Gut jedenfalls speisten sie immer; wenngleich niemals ganz lautlos – was jedoch hierzulande als Tugend galt. Da mußte man hören, daß es schmeckte, und die Mahlzeiten wurden in der Regel behaglich ausgedehnt, um genießen zu können, brauchte man Ruhe. Hier war Speisen ein geheiligter Vorgang, der so gut wie niemals ohne ein vorangehendes und abschließendes Gebet stattfand – der Herrgott speiste mit! Unmittelbar daran anschließend sollte nunmehr ein heiteres Nachspiel folgen: Nachdem sich Pankraz einen magenstärkenden doppelstöckig genannten Verdauungsschnaps einverleibt hatte, begann er sozusagen munter zu scherzen, wie er es verstand, und das sah so aus, daß er nur allzu bereit war, sich über andere lustig zu machen, aber zuweilen auch über sich selbst.

»Also, meine lieben Hausgenossen«, meinte er diesmal nahezu ermunternd. »Die Gelegenheit, mich endlich loszuwerden, scheint denkbar günstig zu sein. Schließlich habe ich selbst die Jagd auf mich freigegeben. Wer jedoch wird versuchen, mich umzulegen?«

»Darauf«, versicherte seine Schwester Paula, wobei sie deutlich hörbar demonstrierte, daß sie gut verdauen konnte, »warten hier gar nicht wenige.«

»Du etwa auch?« fragte Pankraz neugierig.

»Mein lieber Bruder – merkst du denn nicht, was sich hier anbahnt? Eine ganze Reihe von Menschen wollen offenbar erleben, und das möglichst bald, daß du in die Grube fährst. Wobei ich mir sogar vorstellen kann, daß die bereits etliche Gebete losgelassen haben, um Erlösung zu erflehen. Von dir! Denk doch nur mal nach! Gibt es hier denn irgend jemanden, dem du nicht im Verlauf der letzten Jahre eins auf den Schädel geknallt, in die Schnauze gehauen oder in den Hintern getreten hast? Dich liebt doch schon lange niemand mehr!«

»Sag das nicht«, versicherte Pankraz Pokorny. »Ein solches Wesen gibt es. Die sogenannte große Ausnahme.«

»Daß ich nicht lache!« behauptete sie überzeugt abwehrend. »Wer soll denn das sein?«

»Mein Muckelchen – na, wer denn sonst!« sagte Pankraz feierlich.

Dabei sah er seinen Hund an, der lässig auf dem hohen Schemel hockte und an derartigen Gesprächen völlig desinteressiert zu sein schien. Er wollte jetzt vermutlich nichts weiter als ein kleines Nachmittagsschläfchen; schließlich hatte er eine ganze Menge gefressen und war rundherum satt. Er gähnte, wenn auch nicht sonderlich aufdringlich.

»So ein Hund«, stellte Paula kalt-trocken fest, »ist schließlich kein Mensch.«

Wobei sie von Lukas insgeheim bewundert wurde. Eben weil es ihr gegeben war, alles das sagen zu können, was er selber kaum zu denken, geschweige denn auszusprechen wagte. Schon gar nicht, was nun folgte.

»Nur Menschen«, hörte er seine Paula sagen, »können Menschen umbringen. Und einige von denen hast du offenbar sogar ziemlich eindeutig auf eine derartige Idee gebracht.«

»Na – was soll denn das!« rief Pankraz aus, wobei er sich seinen vollen Bauch hielt. »Das ist ja ein ganz tolles Stück! Habe ich nun anzunehmen, daß sogar du zu jenen gehörst, die mich liebend gerne loswerden wollen? Und vielleicht sogar hoffst, daß es hier tatsächlich irgendeinem gelingen könnte, mich aufs Kreuz zu legen – für alle Ewigkeit. Kann ja sein. Doch wer hätte wirklich irgend etwas davon? Etwa gar du?«

»Na, zumindest doch wohl meine Ruhe vor dir! Und dann könnte auch in Bärenwalde endlich jeder einen jeden heiraten, den er heiraten will. Ohne daß du ständig versuchst, deine Finger dazwischenzustecken.«

»Jetzt bin aber ich es, der lachen muß!« erklärte Pankraz leicht angestrengt. Vermutlich hatte er sich diese Unterhaltung wesentlich einfacher, sogar lustig vorgestellt, und kaum damit gerechnet, daß sich irgend jemand ihm gegenüber derartige Offenheiten leisten würde. Nun ja, seine Schwester tat das schon gelegentlich – aber auch noch andere? Hatte er es mit Gegnern zu tun, die womöglich genau so böse dachten, wie Paula giftig blicken konnte?

»Ihr werdet euch noch wundern!« rief er aus. »Ganz so leicht in die Grube zu kippen bin ich nicht. Wer das versucht, schaufelt damit nur sein eigenes Grab. Doch weit und breit sehe ich niemanden, der mir gewachsen ist.«

Worauf diesmal sein Muckelchen, ganz im Gegenteil zu seinem sonstigen Verhalten, keinerlei zustimmende Töne von sich gab.

In jenen Tagen unternahm der Knabe Karl, »Karlchen«, das Waisenkind, einen längeren Spaziergang. Und das, ohne jemand verständigt zu haben; er leistete sich also mal wieder eine seiner kleinen Freiheiten. Die ihm meist nachgesehen, ja, sogar vergönnt wurden. Diesmal war sein Weg etwa fünf Kilometer lang. Er trabte nahezu eine Stunde lang dahin, ohne dabei irgendeinen Menschen zu erblicken. Dabei jedoch begegneten ihm zahlreiche Tiere, mit denen er zu reden versuchte; diesmal nur kurz.

Sein Ziel war jener im Süden von Bärenwalde wildwuchernde, dunkel glitzernde, sagenumwobene Wildgänsesee. Dort, wurde gemunkelt, hause noch der Wassermann. Im dichten Schilf verborgen, lauerte er auf Jungfrauen und junge Männer, weil er so unsagbar einsam sei und Sehnsucht verspüre nach angenehmer Gesellschaft. Doch in seiner Not nehme er sogar mit alten keifenden Weibern und versoffenen Kerlen vorlieb, wurde behauptet. Nur um mit ihnen ein allerletztes Plauderstündchen zu veranstalten.

Dorthin also wagte sich Karlchen; und zwar in der Absicht, eine Waldhütte aufzusuchen. Von der hatte er zwar schon einiges gehört, sie aber noch nicht gesehen. Es war also höchste Zeit, sie endlich einmal kennenzulernen. Was er dann allerdings, am Wildgänsesee angekommen, entdeckte, war eigentlich weit mehr als lediglich eine Hütte – es handelte sich um ein wuchtiges, strohgedecktes Blockhaus, gezimmert aus schweren Balken, in deren Fugen Lehm geklatscht worden war. Daneben befanden sich noch mehrere breite, schuppenartige, aus Brettern zusammengeschlagene und mit Blech und Moos abgedeckte Gebäude – Stallungen vermutlich.

Dazwischen bewegte sich ein seltsam urtierhaftes, wunderliches, mächtiges Wesen; trotz des hochsommerlichen Wetters eingehüllt in eine pelzmantelähnliche Fellgewandung. Noch bevor dieser Waldmensch den herankommenden Jungen erblicken konnte, blieb er plötzlich stehen, regungslos, wie um sich horchend – es war, als nehme er Witterung auf; als spüre er auf geheimnisvolle Weise, daß sich ihm ein Wesen näherte, das ihm fremd war. Als er des Menschen dann ansichtig wurde, musterte er ihn mit wachen, zusammengekniffenen Augen, als könne der Ankömmling ein feindliches Tier sein. Auf dessen Maße, dessen Größe kam es nicht an – nicht in Augenblicken möglicher Gefahr.

Mit freundlichem Kinderlächeln bewegte sich Karlchen auf diesen merkwürdigen Pelzmenschen zu. Blieb vor ihm stehen, sah ihn prüfend an, sagte schließlich:

»Du mußt Peter-Paul sein.«

»Richtig, der bin ich ... und wer bist du?«

Beide begannen sich zu betrachten – und zwar staunend. Wofür sie sich eine Menge Zeit ließen. Und es war, als blühe Wohlwollen auf.

»Ich bin Karlchen, das Waisenkind. Von mir hast du gewiß noch nie was gehört. Aber das macht nichts. Es genügt, daß ich weiß, wer du bist.«

»Ach, mein Kleiner – wer bin ich denn wirklich?« Nun, zumindest war er der Erstgeborene der Pokorny-Söhne. Jetzt stand er da wie ein einsamer Felsbrocken, der irgendwann einmal wie zufällig vom Himmel gefallen und nun bereits verwittert und voller Moos war. »Einige glauben, daß sie mich kennen – aber richtig kennt mich kaum einer. Ist ja auch nicht nötig. Aber nun sag mir mal, warum du hier bist. Willst du was? Von mir?«

»Eigentlich nichts Besonderes«, meinte Karlchen. »Ich wollte nur mal sehen, wie es dir geht und was du da so treibst. Verboten ist das doch wohl nicht – oder?«

Konnte es sein, daß nun der Waldschrat lächelte – ein wenig? Jedenfalls verstärkte sich der Eindruck, daß er Gefallen zu finden schien – an seinem seltsamen, ungewöhnlich zierlichen Besucher, der offenbar aber auch neugierig war wie ein Fuchs. »Also, Karlchen – da du es wissen willst: Mir geht es gut. Und warum? Weil ich hier so leben kann, wie ich es will. Wobei ich mich nicht gerne stören lasse.«

»Ich habe keinesfalls die Absicht, dich zu stören, Peter-Paul«, versicherte der Knabe, und das sehr ernsthaft. »Doch wenn du erlaubst, möchte ich mich nur mal mit dir unterhalten.«

Woraufhin Peter-Paul bärengleich auf eine bei dem Blockhaus stehende Bank zutänzelte. Auf der ließ er sich schwergewichtig nieder und bedeutete Karlchen, neben ihm Platz zu nehmen. Der Junge zögerte keinen Augenblick, dieser Aufforderung zu folgen; eine solche Einladung schien er für vollkommen selbstverständlich zu halten.

»Lupus, mein Kleiner!« rief Peter-Paul sodann aus. »Komm mal her! Zeig dich unserem Gast!«

Nun trabte voller Kraft und Temperament ein grausträhniges Tier heran; ausgestattet mit wasserhellen Augen, einem rosigen Rachen und stark ausgeprägten Reißzähnen. Offenbar hatte dieses »Lupus« genannte Wesen hinter einer Barackenecke nur darauf gelauert, herbeigerufen zu werden; um sich nun Karlchen zu nähern und ihn intensiv zu beschnuppern.

»Soll das ein Hund sein? Der sieht aber gar nicht so aus! Auf keinen Fall ist er so wie das Muckelchen.«

»Muckelchen? Wer ist denn das?« wollte Peter-Paul wissen.

»Erzähl ich dir gleich. Aber erst sag mir mal, was das für ein Tier ist. Bei Tieren kenne ich mich einigermaßen aus – so eins jedoch ist mir noch nie begegnet.«

»Es heißt Lupus. Lupus ist der lateinische Name für Wolf. Und das hier ist ein Wolf. Den habe ich vor einigen Jahren im Wald gefunden – seine Mutter hatte ihn verlassen, oder er hatte nicht mehr zu ihr zurückgefunden. Also nahm ich ihn bei mir auf. Und nun versucht er sich wie ein Hund zu benehmen – und gehört damit zu meinen wichtigsten Helfern.«

Unverzüglich versuchte Karlchen zu erkunden, ob das auch stimmte, was ihm Peter-Paul da soeben erzählt hatte: Er behandelte Lupus wie einen richtigen Hund, kniete sich vor ihn hin, um ihn zu streicheln – hinter den Ohren. Worauf Lupus seinerseits seine lange, rosarote Zunge herausstreckte, um mit ihr das Gesicht des Knaben zu lecken. Was sich Karlchen gefallen ließ, ohne auch nur im geringsten zurückzuweichen.

»Stimmt!« stellte er sodann fest. »Der könnte ein Hund sein, auch wenn er ein Wolf ist. Es kommt eben wohl immer darauf an, an was für einen Menschen so ein Tier gerät. Aber – warum nennst du Lupus einen Helfer, noch dazu einen wichtigen?«

»Solche Lebewesen brauche ich hier, Karlchen. Ohne sie würde ich nicht auskommen. Außer Lupus gibt es hier auch noch zwei andere, die mir helfen. Siehst du dort drüben, beim Weidenbaum am Wasser, das Reh? Das ist mein Konrad. Außerdem existiert auch noch Emma, die Ente. Die ist derzeit im hinteren Stall beschäftigt. Sonderlich viel kann ich wohl kaum ausrichten – nicht ohne die Mithilfe von Lupus, Konrad und Emma.«

Eine Auskunft, mit der sich Karlchen selbstverständlich nicht zufriedengab. Er konnte sich nicht vorstellen, wie Peter-Paul das gemeint haben könnte – mit der »Mithilfe« derartiger »Helfer«. Das wollte dieser Knabe genauer wissen – das interessierte ihn offenbar mächtig.

Der Waldmensch zögerte dann auch nicht, die von ihm erbetenen Erläuterungen zu geben. »Das«, sagte er, »ist so: Ich pflege kranke oder verletzte Tiere, alle, die zu mir kommen – solche, die ich entweder selbst im Wald gefunden habe oder die mir von irgend jemandem gebracht werden. Dann versuche ich gebrochene Beine und Flügel zu schienen, das Fieber auszutreiben, diese armen, hilflosen Wesen von Ausschlag und Schorf zu befreien. Kurz und gut – es gibt da allerlei, was anfallen kann.«

»Wie schön!« Karlchen reagierte mit ehrlicher Begeisterung; so etwas war ganz nach seinem Herzen. »Und dabei helfen sie dir – der Wolfshund, das Reh und die Ente?«

Peter-Paul nickte bedächtig: »Ohne diese drei kann ich hier wohl kaum die Arbeit leisten, die notwendig ist.« Wobei er seinem Lupus zublinzelte – und dann war es, als bemühe sich der Wolfshund verständnisvoll darum, mit dem Schwanz zu wedeln. »Denn bei kranken oder verletzten Tieren, mußt du wissen, Karlchen, sind nämlich gar nicht so sehr das Fieber oder die Wunden das Schlimmste, sondern vielmehr: deren Alleinsein, die Einsamkeit. Wenn sich kein anderes Lebewesen bei ihnen befindet, wenn sie also ohne Vater, Mutter und Geschwister unbeweglich daliegen müssen, dann leiden sie. Und zwar so sehr, daß sie möglicherweise eingehen.«

»Kann ich ihnen gut nachfühlen«, versicherte der Kleine. Vermutlich kannte er das als Waisenkind, wußte, was Alleinsein und Einsamkeit bedeuten konnten.

»Na, siehst du, Karlchen. Deshalb benötige ich hier meine Helfer, die dann verläßlich in Aktion treten. So etwa legt sich der Wolf Lupus zu kranken Hunden, um ihnen in ihrer Not Gesellschaft zu leisten; und neuerdings beginnt er sogar, sich um Katzen zu kümmern. Das Reh Konrad kennt sich mit Lämmern, Schafen und auch Kälbern aus. Und der Ente Emma ist es gegeben, alle Tiere zu betreuen, welche Flügel haben – obwohl sie selbst mit den ihren nicht fliegen kann.«

»Das will ich sehen!« rief Karlchen begierig. »Zeigst du mir das?«

»Immer eins nach dem anderen, mein Kleiner. Du hast vorhin gesagt, daß du dich mit mir unterhalten willst. Worüber? Das müssen wir wohl erst einmal klären.«

»Nun ja, Peter-Paul, nun ja. Ich habe tatsächlich die eine oder andere Frage. Zum Beispiel diese: Du hast einen Vater . . .«

»Wie jeder, der lebt, einen Vater hat.« Eine Feststellung, die dieser Waldhüttenmensch mit deutlich abweisenden, nahezu bedrohlichen Untertönen machte. »Warum kommst du mir ausgerechnet damit?«

»Ich jedenfalls habe keinen Vater«, meinte der Kleine. »Nicht, daß ich wüßte.«

»Dann solltest du dich glücklich preisen, mein liebes Jungchen. Denn wer weiß, was dir damit alles erspart geblieben ist. Was mich jedoch betrifft, so besitze ich allerdings einen Vater – aber nur, um ihn zu vergessen. Was mir auch mehr oder weniger gelungen ist. Mußt du mich ausgerechnet daran erinnern?«

»Wenn dir das unangenehm ist, dann lassen wir es. Ich kann's verstehen.« Worauf der offenbar hellwache und hartnäckige Junge zu bedenken gab: »Aber du – hast auch noch zwei Brüder.«

»Habe ich die?«

»Die sind nun mal da! Und ihretwegen bin ich hier. Was genauer wohl heißt: eigentlich nur wegen des einen von deinen Brüdern. Nicht wegen Friedrich-Wilhelm; was ja wohl auch nicht sein muß. Aber wegen Emanuel.«

»Emanuel? Was . . . was ist denn mit dem?«

»Das ist gewiß ein lieber, guter Mensch. Und der will Elfriede heiraten, welche ich meine Mama nenne, auch wenn sie eigentlich nur eine Tante ist. Elfriede Bartosch. Kennst du die?«

Die kannte Peter-Paul. Und stellte dann fest: »Wahrlich keine schlechte Wahl. Wer könnte denn irgend etwas dagegen einzuwenden haben?«

»Na, wer denn wohl? Dein Vater – wer sonst? Und da habe ich mir vorgestellt: Vielleicht ganz gut – wenn du einmal . . .«

»Was denn wohl? Mit meinem Vater reden?« Peter-Paul lachte auf; und das derart heftig, daß Lupus leicht zusammenzuckte. »Weißt du denn nicht, Jungchen, daß mein Vater und ich seit bereits zehn Jahren kein einziges Wort mehr miteinander geredet haben? Und das kannst du mir glauben: Vermißt habe ich das niemals; auch nicht das allergeringste Verlangen verspürt, daß sich irgendwas dabei ändert. Tut mir leid, aber so, nur so ist das nun mal. In dieser Hinsicht jedenfalls kann ich dir keinen Gefallen tun.«

»Das ist aber sehr schade.« Der Kleine schien angestrengt nachzudenken; er war offensichtlich nicht gewillt, seine von ihm selbst gewählte Mission als gescheitert zu betrachten. »Immerhin könntest du doch mal mit deinem Bruder Emanuel ein Wörtchen reden – gelegentlich. Oder – läßt sich auch das nicht machen?«

»Nun ja, der kommt hier ab und zu vorbei; so alle paar Monate. Von seinen Heiratsabsichten jedenfalls habe ich bisher nichts gewußt.«

»Doch nun weißt du das!« Das aufmerksame Karlchen reagierte lebhaft und zielsicher. »Und jetzt könntest du deinem Bruder vielleicht beibringen, daß du nichts dagegen hast, wenn er meine Mama – ich meine: Wenn er Elfriede – heiratet. Und das kann er dann anschließend eurem Vater mitteilen. Worauf der dann vielleicht seine Meinung ändert. Auf alle Fälle wird ihn deine Einstellung dazu kaum gleichgültig lassen.«

Erneut schien der Wald um sie aufzudröhnen – vom heftigen Lachen dieses schwergewichtigen Menschen. Worauf sich Lupus interessiert näher schob. Denn so hatte dieser Wolfshund seinen Weggefährten – den er für sein Muttertier hielt – noch niemals zuvor erlebt. Es schien ihm irgendwie zu gefallen, denn er legte seinen Kopf in Peter-Pauls Hände.

»Mensch, Jungchen, Kleiner!« rief er entzückt aus. »Du bist ja ein ganz raffinierter, für dein Alter schon reichlich ausgewachsener Fuchs! Du hast also die Absicht, meinen Bruder herzulotsen, damit ich dem eine Art Segen erteile. Aber selbst, wenn ich dazu bereit wäre – helfen wird ihm das nicht; nicht bei diesem Vater. Eines jedoch hast du immerhin ziemlich richtig erkannt: Wer etwas von mir will, der muß zu mir kommen. Hier bin ich, hier lebe ich, hier bleibe ich!«

Jawohl, hier lebte er! Mitten unter den Tieren, die seiner Hilfe bedurften. Umgeben in der von ihm selbstgebauten Blockhütte von Tiegeln, Töpfen und Flaschen; in denen braute er Gesundheitstees, Heilgetränke und Wundsalben. Und hier brannte er auch seinen eigenen Schnaps, »Bärenfang« genannt, der wahrlich der allerbeste weit und breit war. Aber auch seine sonstigen gefilterten scharfen »Wässerchen« durften als hochbegehrt bezeichnet werden.

Denn Peter-Paul vegetierte hier nicht nur so dahin, vielmehr ging es ihm recht gut. Inzwischen war er fast so etwas wie ein König geworden, in einem friedlichen, einsamen Land; ein nahezu unumstrittener Herrscher seines

Waldes. Ihm mangelte es an nichts. Was er da so an Spezialitäten produzierte, pflegte ihm Seelinger, der Jude, abzukaufen. Jener, in dessen Bereich, auf dessen Besitz er hauste.

Seelinger tat das wohl kaum aus menschenfreundlicher Anwandlung; vielmehr verkaufte er Peter-Pauls Erzeugnisse gewinnbringend weiter – bis hin nach Königsberg. Dort zahlten einige Apotheken und Likörstuben für derartige Produkte recht stattliche Preise.

»Seelinger also, Siegfried, unser Jude«, sagte Peter-Paul mit bedächtiger Nachdenklichkeit zu seinem aufmerksamen jugendlichen Besucher. »Vielleicht ist der es, an den du dich wenden solltest – mit deinen Sorgen.«

»Und du meinst, das hat einen Sinn?«

»Auf den hört hier jeder; wenn auch meist höchst widerwillig. Niemand jedoch kann Seelinger umgehen; nicht einmal unser Vater; sosehr der sich auch dagegen sträubt. Aber schließlich ist dieser Seelinger nicht nur sein einziger Freund, er ist auch der Pate von uns drei Söhnen – ist es in einer früheren, glücklicheren Zeit geworden. Doch eben darauf legt Vater immer noch Wert.«

»Nun gut, Peter-Paul! Wenn du glaubst, daß es angebracht ist, auch mit ihm mal zu reden – dann muß ich es versuchen.«

»Bei nächster sich bietender Gelegenheit, Karlchen! Ich werde dir helfen, eine möglichst günstige Stunde auszusuchen. Das muß aber mit Vorsicht geschehen – denn Siegfried Seelinger kann noch weit engstirniger sein als mein Vater, der sich manchmal wie der Herrgott persönlich gebärdet. Doch jetzt, mein liebes Jungchen, zeige ich dir, wenn du willst, meine Krankenstation.«

Ein Vorschlag, der mit Begeisterung aufgenommen wurde. Von Lupus begleitet, besichtigten sie das Grundstück und die Stallungen. Karlchen durfte das Reh Konrad kennenlernen, das hier ohne jede Menschenscheu aufgewachsen war und dennoch eine fast vornehme Distanz bewahrte. Zur Zeit ohne betreuerische Beschäftigung, konnte es sich das grazile Wesen leisten, geruhsam in die Sonne zu blinzeln und hin und wieder nach Lust und Laune ein wenig Gras zu mampfen. Ganz anders Emma, die Ente: Sie hatte für eine Wildgans zu sorgen, deren gebrochenes Bein sorgfältig geschient worden war. Ganz nah lag sie bei der Patientin und gab ihr das Gefühl, auf dieser Welt trotz ihrer Hilflosigkeit nicht allein zu sein.

Peter-Paul und der Knabe Karl hockten sich dazu und wurden von der bewegungslos gewordenen Wildgans, die sich dicht an die Ente Emma schmiegte, vertrauensvoll beäugt. »Siehst du«, sagte der Waldmensch, »das kranke Tier hat keine Angst. Es spürt, daß es hilfreich betreut wird, und beginnt zu ahnen, daß es überleben wird. Tiere wittern so etwas; Menschen vermögen das nicht.«

Plötzlich jedoch wurde dieses Idyll gestört. Lupus, der draußen geblieben war, eilte herbei, gab seltsame Töne von sich, japste leicht erregt. Und dann bemerkten Peter-Paul und Karlchen, daß sich das Reh Konrad in den schützenden Wald geflüchtet hatte. Der Grund dafür wurde unmittelbar darauf klar: Ein Mensch tauchte auf.

Es war Lukas Lipski, der Großknecht des Pokorny-Hofes. Er trampelte herbei wie ein freigelassenes Zugpferd. Als er Peter-Paul erblickte, rief er ihm zu: »Du mußt sofort kommen! Du mußt! Dein Vater liegt im Sterben.«

Peter-Paul schüttelte unwillig den kantigen Kopf. »Unsinn! Das kann nicht sein. Der nicht – noch lange nicht!«

»Er ist gefallen. Gestürzt. Vom Heuboden auf die Tenne geknallt.«

Diese Tenne war von Pankraz Pokorny erst kürzlich eigenhändig betoniert worden, wobei er wohl übersehen hatte, daß einige Bretter des unmittelbar darüber befindlichen Heubodens morsch geworden waren. Sie hatten das Gewicht des herumtrampelnden Großbauern nicht ausgehalten und waren gebrochen. Und er war abwärts gesaust und mit voller Wucht aufgeschlagen.

»Selbst so was bringt den nicht um!« Peter-Paul gab sich unbeeindruckt. »Völlig unnötig also, daß ich bei ihm aufkreuze – ganz abgesehen davon, daß ich hier nicht weg kann; ich habe Tiere zu betreuen.«

»Das könnte ich ja für dich machen«, versicherte ihm Karlchen entgegenkommend. »Mir kannst du vertrauen. Oder gibt es niemanden mehr, dem du vertraust, Peter-Paul?«

»Du mußt mitgehen!« Lukas Lipskis Stimme hörte sich nun geradezu beschwörend an. »Du kannst deinen Vater in seiner letzten Stunden nicht allein lassen. Das darfst du nicht.«

Peter-Paul kämpfte mit sich. Schließlich sagte er zu dem Jungen: »Gut, dann paß also inzwischen auf meine Tiere auf.« Als er sah, daß Karlchen freudig nickte, schien er erleichtert zu sein. Der Kleine würde es schon richtig machen.

Dann eilte er Lukas hinterher. Nun ja, das war wohl seine verdammte Pflicht, auch wenn es ihm noch so schwerfiel, ihr nachzukommen. Sogar auf dem Totenbett traute er seinem Vater eine Menge Unannehmlichkeiten zu.

Mitten in dem hallenartigen Hauptraum des Pokorny-Hofes hockte Paula, die Schwester von Pankraz, wie zufällig auf dem Platz des Hausherrn am großen Tisch. Sie schien in tiefe Trauer versunken.

Nicht weit von ihr stand Emanuel, der jüngste der drei Söhne, haltsuchend gegen eine Wand gelehnt. Er machte einen hilflosen Eindruck, wirkte verloren, schwer erschüttert.

Mit gewichtiger Würde und ernsten, starren Gesichtszügen kam der Arzt Dr. Anatol Breisgauer aus Pokornys Schlafraum, den man wohl jetzt als Sterbezimmer betrachten mußte. Doch erst einmal wusch er seine Hände; warmes Wasser und kernige Seife waren vorhanden, selbstverständlich lag auch ein blütenweißes Handtuch bereit.

Anschließend verkündete er feierlich: »Nun, liebe Freunde, ist es also wohl soweit. Der Patient atmet kaum mehr; er röchelt nur noch vor sich hin. Ich denke, es wäre angebracht, den Geistlichen zu verständigen, damit der letzte Segen nicht versäumt wird.«

»Irren Sie sich da auch nicht, Doktor?« Paula war voller Mißtrauen gegenüber allem, was mit ihrem Bruder zusammenhing.

Breisgauer schüttelte bedauernd seinen Kürbiskopf. »Einen derartigen Sturz aus drei Meter Höhe – kein Ochse hätte das überlebt, nicht mit noch so dickem Schädel. Nein, nein! Unser verehrter Herr Pokorny ist kurz vor dem Exitus.«

»Ich muß zu ihm!« rief Emanuel. »Ich kann ihn doch in seiner letzten Stunde nicht allein lassen.«

»Du bist schon immer ein guter Sohn gewesen«, kommentierte Paula. »Was allerdings mein intriganter Bruder gar nicht richtig zu schätzen gewußt hat. Der ist unberechenbar – und das sogar noch auf dem Totenbett. Deshalb mußt du gut auf dich aufpassen, wenn du dich zu ihm begibst. Laß dich auf nichts ein.«

Während Emanuel zu seinem Vater eilte, traf draußen, alarmiert von einem der hier arbeitenden Knechte, der zweitgeborene Sohn Friedrich-Wilhelm ein, der Soldat und Jäger – wie immer in Uniform; diesmal eingehüllt in grünen Loden, schulterbetont, schmale Taille, eng anliegend. Kurz: ein prächtiges Mannsbild, selbstbewußt und beherrscht von der Erkenntnis, jeder irgendwie nur denkbaren Situation gewachsen zu sein.

Dazu gehörte auch die Bereitschaft, dem Tod gefaßt ins Auge zu blicken; sofern es nicht gerade der eigene war. Wo immer er sich jedenfalls aufhielt, da war, seiner maßgeblichen Meinung nach, der Mittelpunkt des Weltgeschehens, da war die Front. Da hieß es Freund und Feind zu unterscheiden; dem einen die Hand entgegenzustrekken, dem anderen die Stirn zu bieten.

»Nur keine schwächlichen Anwandlungen!« rief er tröstend aus, mit kraftvoller Kommandostimme; gerichtet an jeden der hier Anwesenden, ob die es nun hören wollten oder nicht. »Was sein muß, muß sein. Wir können es nicht ändern. So ist dieses Dasein nun mal beschaffen; wir alle befinden uns in Gottes Hand. Auch Helden müssen irgendwann ins Gras beißen, die Radieschen von unten anschauen. Deshalb aber wollen wir nicht schreien wie Klageweiber, wohl aber mit Würde trauern.«

Er streckte Paula beide Hände entgegen, um sie schwer und feierlich auf ihre Schultern zu legen. »Mein Beileid, verehrte Tante! Wie ich sehe, bist du gefaßt, wie es ja wohl in der Familie der Pokornys nicht anders zu erwarten ist. Gottes Segen sei mit dir! Und nur keine unnötigen Sorgen – jetzt bin ich hier, an deiner Seite.« Seine Hilfsbereitschaft schien grenzenlos.

Dann schritt er gleichsam wie ein Posten, der eine Wachablösung zu exerzieren hat, auf Emanuel zu, der aus dem Zimmer von Pankraz Pokorny herauswankte. Friedrich-Wilhelm schloß seinen jetzt recht bleichen Bruder derartig fest in seine Arme, daß er dem fast die Luft abdrückte und der kaum noch zu atmen vermochte. Dabei fragte er wißbegierig: »Nun, mein Kleiner, wie sieht es denn da drin aus?«

Nur mit Mühe gelang es Emanuel, sich dieser heftigen brüderlichen Umarmung zu entziehen. »Vater liegt bloß so da«, antwortete er. »Ich glaube kaum, daß der mich noch erkannt hat. Doch er sah mich an – mit gebrochenen Augen. Gesagt aber hat er nichts.«

»Nicht verzagen, Brüderchen, niemals schwach werden! Na, und wenn wir uns auch schon mal abgespannt und ermattet vorkommen – zeigen, Mensch, darf man das nicht! Wir haben dem Schicksal gewachsen zu sein, sind es auch – sogar im Hinblick auf den unvermeidlichen Tod. Dem stehen wir mit erhabenem Ernst gegenüber; wobei wir uns einer angemessenen Andacht nicht entziehen werden.«

Was sich Friedrich-Wilhelm darunter vorstellte, wurde alsbald klar, als er erzählte, unter welchen Umständen er die Nachricht vom bevorstehenden Ableben seines Vaters erhalten hatte. Er war nämlich gerade mal wieder im Gasthaus gewesen, bei einem Treffen des Soldaten- und Veteranenvereins, mit der Absicht, diese Kerle auf Vordermann zu bringen. »Und nun habe ich sie mitgebracht und draußen vor dem Haus aufmarschieren lassen. Am Grabe unseres verehrten Vaters werden sie Salut schießen, doch zunächst einmal soll ein feierlicher Kantus ertönen. Alle Fenster auf!«

Da keiner der Anwesenden Anstalten machte, Friedrich-Wilhelms Befehlsgetön nachzukommen, stieß er eigenhändig die Schießschartenfenster auf; und das betont schwungvoll und laut. Davor standen weisungsgemäß in Reih und Glied die Soldaten und Veteranen. So an die zwei Dutzend Mann, jüngere Burschen und alte Knacker, stets nach patriotischen Vergnügungen gierend, ernsthaft entschlossen zu erlebnisfreudigem Gesang.

»Also – dann stoßt mal ins Horn, Männer!« rief ihnen Friedrich-Wilhelm anfeuernd zu.

Das taten sie denn auch; zumal ihnen für den Fall einer überzeugend gelungenen Leistung pro Mann zwei große Schnäpse und drei kleine Biere garantiert worden waren. Also röhrten sie nun einige jener Breisgauer-Verse hervor, die Schlaguweit volkstümlich hergerichtet hatte. Was keineswegs irgendwie überraschend war, da diese Darbietung von Oberlehrer Schlaguweit höchstpersönlich dirigiert wurde. In Bärenwalde gab es sowieso keinen Gemeinschaftsgesang ohne ihn; da war er absolut unentbehrlich.

Nicht eben wohltönend, aber mit viel Gefühl schmetterten sie es heraus:

> Das Leben nach dem Tode zahlt sich aus,
> des Daseins Mühen findet gute Zinsen,
> in Gottes Händen ruht dein Vaterhaus
> und triumphieren wirst du über Satans Grinsen.

Sie verfügten noch über weitere Verse in dieser Preislage, alle vorgetragen mit inbrünstiger Hingabe. Wobei sie bereits schon den Durst spürten, der sich beim Singen immer einstellte und der diesmal besonders großzügig gelöscht werden würde. Dafür war ihr Friedrich-Wilhelm ein sicherer Garant – und nicht nur dafür!

Die Treue ist kein leerer Wahn
und jeder See hat seine Ufer,
des Herrgotts Wasser trägt den lecken Kahn,
auch in der Wüste hört er seine Rufer.

Noch erlosch das Abendrot nicht. Die Gesichter der Sänger schimmerten rosig; was allerdings auch von deren braven Anstrengungen herrühren konnte. Insgeheim dachten sie bereits an das nahe Gasthaus.

Nun erschien jedoch Peter-Paul Pokorny. Wie ein Bär stampfte er heran, mit Lukas Lipski im Schlepptau. Er stellte sich breit streitbar vor diesen Soldaten- und Veteranensängern auf, um die dann grollend zu fragen: »Was soll denn dieses Gebrüll?«

»Wir singen hier, Herr Pokorny«, erklärte der chorleitende Oberlehrer. »Und zwar auf Befehl.«

»Nun, dann bin ich es jetzt, der euch einen Befehl erteilt. Und zwar diesen: Hört sofort auf mit dieser blödsinnigen Brüllerei! So was kann ja geradezu Tote wieder zum Leben erwecken . . .« Und leicht verwundert über das, was er da soeben von sich gegeben hatte, fügte er hinzu: »Falls ihr allerdings genau das beabsichtigt habt, dann war diese vereinigte Schreierei vielleicht doch nicht ganz ohne Sinn.«

Er ließ die verstummten Sangesbrüder ziemlich ratlos zurück und stampfte nunmehr in das Haus, in dem er zur Welt gekommen war – er betrat es zum erstenmal nach zehn Jahren wieder. Dort blieb er an der Tür des großen Raums stehen, begann die Anwesenden zu mustern, als handele es sich um bedenklich kranke Tiere des Waldes, die man ihm zur Betreuung anvertraut hatte. Einige Zeit sprach er kein Wort.

Schließlich nickte er ganz kurz seiner Tante Paula zu, hinter die sich inzwischen der Knecht Lipski gestellt hatte. Dann grüßte er mit dem Winken einer seiner schaufelartigen Hände Bruder Emanuel. Die Anwesenheit seines anderen Bruders, Friedrich-Wilhelm, schien er nicht zur Kenntnis nehmen zu wollen.

Sodann schritt er völlig selbstverständlich zum Schlafzimmer seines Vaters, ging dort hinein. Die anderen starrten ihm nach; einige mit würgender Unruhe. Doch keiner von ihnen konnte sich den Grund dieser Erregung erklären.

»Mein Gott!« rief Friedrich-Wilhelm aus, nahezu angewidert. »Der ist ja total verwildert!«

»Er ist ein guter und auch gerechter Mensch«, sagte Emanuel sehr leise.

»Jedenfalls ist der von euch dreien der Mächtigste«, stellte Paula fest, nicht ganz frei von einer gewissen Schadenfreude. »Und so gefährlich unberechenbar wie Pankraz ist er vermutlich auch noch. Der setzt seinen Willen durch, wenn er das für notwendig hält.« Womit sie vermutlich anzudeuten versuchte, daß nun wohl nach Lage der Dinge einiges an Unannehmlichkeiten auf die ganze Familie zukommen könnte.

Nach nur wenigen Minuten kehrte Peter-Paul aus dem väterlichen Zimmer zurück. Seine Augen hatten einen seltsamen Glanz – sie hätten ausgesprochen böse, wenn nicht gar heimtückisch gefunkelt, wurde später verbreitet, zumeist geflüstert. Jedenfalls gab er nahezu knurrend wie ein Großhund von sich:

»Freut euch nicht zu früh! So einfach ist unser Alter nicht umzubringen. Den habt ihr wieder einmal mehr unterschätzt.«

»Bist du sicher?« wurde er gefragt – ungläubig, geradezu bestürzt.

»Ziemlich sicher.«

»Aber der Arzt ... der Doktor Breisgauer ... der hat doch gemeint ...«

»Bei Vater«, sagte Peter-Paul bedächtig, »liegt ein kleiner schwarzer Hund. Wer ist das?«

»Das ist sein Muckel. Den hat er sich vor einiger Zeit zugelegt. Ein reichlich eigensinniger Köter. Aber er paßt zu ihm.«

»Das also ist Muckelchen!« Also jenes Wesen, von dem ihm der Knabe Karl erzählt hatte – mit Worten wie: Ein völlig ungewöhnliches Tier – ein Hund wie ein Mensch; ein Mensch, wie es ihn nicht alle Tage gibt. Schien zuzutreffen.

»Auf dieses Tier«, sagte nun Peter-Paul, »hättet ihr achten müssen.«

»Während Pankraz im Sterben liegt? Wieso das?«

»Diesen Muckel habt ihr offenbar ganz einfach übersehen. Denn sonst wäre euch etwas Wichtiges aufgefallen. Dieses Wesen kennt unseren Vater wohl recht genau, fühlt sich mit ihm eng verbunden. Doch was geschieht? Dieser Hund liegt völlig gelassen da, ohne irgendwelche Anzeichen der Erregung – fast neben dem Alten, auf seinem Bett.«

»Na und? Es ist eben nur ein Tier. Meint wohl: Der Alte will schlafen – also penne ich auch.«

»Was soll denn das heißen: nur ein Tier!« Peter-Paul blickte höchst mißbilligend um sich. »Dieser Muckel ist schließlich nichts Geringeres als der Begleiter und Freund unseres Vaters. Noch dazu, was sich fast mühelos erkennen läßt, ein Kerlchen von enormer Klugheit; das beweisen allein schon seine hellwachen Augen.«

»Eine Art Seelenaufkäufer ist das! Ein Verführer, der es sogar fertiggebracht hat, einen Pankraz für sich einzunehmen; und zwar völlig.«

»Solche Tiere jedoch – solltet ihr eigentlich wissen, als ostpreußische Menschen – vermögen den Tod zu wittern; besonders dann, wenn es sich dabei um jemanden handelt, dem sie sich zugehörig fühlen. Dann werden sie unruhig, beginnen zu winseln und zu jaulen. Doch nichts dergleichen hier, bei Muckelchen.«

»Und was hat das deiner Meinung nach zu bedeuten?«

»Genau das, was ich gesagt habe!« Peter-Paul schüttelte seinen mächtigen Schädel. Soviel beklagenswert unvollkommenes Tierverständnis hatte er nicht erwartet; nicht bei Menschen seiner Heimat, die immer vorgaben, ohne ihre Tiere nicht existieren zu können. »Wenn also Muckel, der Hund, nicht die geringsten Anstalten macht, auf den scheinbar unmittelbar bevorstehenden Tod des ihm am nächsten stehenden Menschen zu reagieren, dann läßt dies nur einen einzigen Schluß zu: Dieser Mensch lebt! Sein Tod ist nicht mal nahe.«

Womit aus der Sicht von Peter-Paul alles Notwendige gesagt worden war. Doch bevor er sich wieder entfernte, um seine Behausung am Wildgänsesee aufzusuchen, rief er den leicht verstört wirkenden Zurückbleibenden zu: »Offensichtlich ahnt ihr noch immer nicht, was ostpreußischen Dickschädeln so alles zugemutet werden kann. Und nirgendwo in dieser Welt gibt es dickere. Und der Schädel von Pankraz Pokorny ist der dickste von allen!«

Schweigend, wie zu Salzsäulen erstarrt, hörten sie sich derartige Weisheiten an. Paula war halb in sich zusammengesunken. Lipski stand ratlos hinter ihr. Friedrich-Wilhelm, ein leicht bläßlich wirkendes Marmorstandbild, schüttelte anhaltend sein heldenhaftes Haupt. Emanuel blinzelte töricht zu jener Tür hin, hinter der sich Pankraz befand. Peter-Paul entfernte sich grußlos.

Und dann geschah es!

Dann geschah es, daß diese Tür aufgestoßen wurde. Und zwar gleich mit solcher Wucht, daß sie gegen die nächste weißgekalkte Wand prallte, von deren Verputz einige Krümel abbröckelten.

In der Öffnung erschien zunächst Muckel, der Hund. Er tänzelte freudig wedelnd herbei, als habe er den Auftrag, Großes anzukündigen.

Ihm folgte unmittelbar darauf Pankraz Pokorny. Dessen

weißes, noch immer fülliges Haar war sorgfältig gekämmt worden. Über sein Hemd, in dem einige bereits ein Totenhemd hatten sehen wollen, hatte er einen Pelzmantel gezogen. Seine Augen blickten klar, wie von frischem Regen gespült; und seine Stimme besaß, so schien es, die alte Kraft und Lautstärke.

»Na, ihr Gesindel, da staunt ihr wohl! Ganze Bauklötze, wie?« röhrte er. »Gar nicht so leicht, mich in die Grube fahren zu lassen, was? Da müßt ihr euch schon erheblich mehr anstrengen, ihr Stümper. Jetzt jedenfalls will ich einen kräftigen Schnaps haben, den ich genußvoll trinken werde – wenn auch nicht gerade auf euer Wohl.«

Sein Sohn Emanuel strahlte ihn beglückt an; wohl ein wenig zu voreilig. Die Paula-Schwester betrachtete ihn ergeben. Und Friedrich-Wilhelm rief markig: »Hauptsache, du lebst!«

»Und ob ich lebe!« stellte Pankraz Pokorny fest. »Und das gedenke ich auch noch möglichst lange zu tun.« Wie um zu beweisen, daß er wieder voll und ganz da war, traf er unverzüglich diverse Anordnungen zu seinem Wohlergehen und dem seines Hundes. Und das mit einer Selbstverständlichkeit, als sei hier inzwischen gar nichts Besonderes geschehen.

»Du, Paula, bereitest mir gleich mal eine kleinere Zwischenmahlzeit zu, damit ich wieder richtig hochkomme. Sechs Eier! Oder besser: neun! Auf Rauchspeck. Das dürfte fürs erste genügen. Und mein Muckelchen benötigt eine Portion gekochten Schinken; dann noch einiges von der leicht angeräucherten Leberwurst, die er so gern mag. Das hat er verdient.« Was sein Freund, der Hund, kurz aufbellend bestätigte.

»Dich, Friedrich-Wilhelm, will ich hier nicht weiter aufhalten. Du kannst dich deinen Brüllaffen widmen. Diese Kerle krächzen ja wie die Krähen, das halten die wohl für mannhaften Gesang. Doch immerhin: Ich spendiere jedem von denen drei Extraschnäpse. Was zusammen mit dem, was du ihnen sonst noch für ihre Darbietungen versprochen hast, ausreichen wird – um sie zumindest für heute zum Verstummen zu bringen.«

»Jawohl, Vater!« antwortete Friedrich-Wilhelm beflissen. Sein Alter vermochte ihm mehr Respekt einzuflößen als jeder sonstige Vorgesetzte. Darüber bestand kaum Zweifel; mußte jedoch kein Dauerzustand sein.

»Du, Lukas«, wandte sich Pankraz sodann an seinen Großknecht, »solltest dich schnellstens um unsere Kühe kümmern. Besonders um Ulrike und Friederike; damit die nicht noch mal vor sich hin kotzen.«

Worauf er fast im gleichen Atemzug zu seinem jüngsten Sohn sagte: »Von mir aus, Emanuel, kannst du dich jetzt herumtreiben. Und zwar gleich bis hin zu der Bartosch-Tochter, dieser Elfriede!«

»Danke, Vater«, erwiderte Emanuel, seinen Alten gründlich mißverstehend.

»Was heißt denn hier ›danke‹?« korrigierte ihn Pankraz unverzüglich. »Zu der sollst du dich hinbegeben, um ihr klar und deutlich zu sagen, daß du sie nicht heiraten kannst – auf keinen Fall.«

»Mache ich nicht!«

»Doch, das machst du. Hast du mir denn nicht auf meinem sogenannten ›Totenbett‹ zugeflüstert, daß du mein lieber Sohn sein willst, also zu allem bereit bist, was ich von dir verlange? Da hast du wohl geglaubt, so was höre ich nicht, weil ich mitten im Abkratzen war? Von wegen! Ich habe gute Ohren, mein Junge, und mir alles gemerkt, was du mir zugesäuselt hast. Nun halte dich gefälligst daran!«

»Nein«, antwortete Emanuel, zwar nicht ohne Bedauern, aber stur wie ein Maulesel. Und wenn so ein Wesen nicht ziehen will, dann zieht es auch nicht. »Bei aller Liebe zu dir, mein Vater – verlang nicht so was! Das zu tun weigere ich mich.«

Am nächsten Tag begab sich der gewissermaßen »wiederauferstandene« Pankraz Pokorny, aufmerksam begleitet von seinem munteren Muckelhund, zu jener Gaststätte, die mitten in Bärenwalde gelegen war. Dieses Haus, genannt »Zur guten Einkehr«, war offenbar in jeder Hinsicht zu halten bestrebt, was sein Name versprach. Es existierte hier sozusagen »von Gottes Gnaden« – was heißen soll: Es war abhängig von dem Wohlwollen des Großbauern Pokorny. Es gehörte nämlich mit zu seinem Besitz, wurde von ihm verpachtet.

Seit etlichen Jahren war der Pächter eine gewisse Isolde Breitner, eine vergleichsweise noch junge Wirtswitwe. Eine Person, die als ganz prächtig im Fleisch bezeichnet werden konnte, und die es zudem verstand, mit ihren wahrhaft sehenswerten Pfunden zu wuchern: recht geschickt sogar. Sie war es auch, die Pankraz veranlaßte, hier ab und zu höchstpersönlich aufzukreuzen. Denn daß der jemals in puncto weibliches Geschlecht als ein Kostverächter zu bezeichnen war, konnte beileibe nicht behauptet werden. Warum sollte er auch, ausgerechnet er, auf die Freuden der Liebe verzichten? Das verlangte hier ja auch keiner.

Nun ja, gewiß – er war inzwischen nicht mehr der Jüngste. Andererseits wies er es weit von sich, etwa als »alt« zu gelten. Wenn auch das Feuer der sogenannten besten Mannesjahre schon lange nicht mehr so heftig loderte wie einst, so legte er doch Wert auf die Feststellung: Seine Lenden seien noch lange nicht erlahmt. Woran er glaubte, glauben wollte.

Selbst jetzt noch wurde in Bärenwalde und Umgebung insgeheim geflüstert: Dieser Pankraz Pokorny sei ein ganz toller Bock gewesen. Mit einer ungemein stattlichen »Abschußliste« – Respekt, Respekt! Angefangen bei diversen Mägden, über die Frau des Gendarmen, bis hin zu der besseren Hälfte des Pfarrers. Sogar die Hebamme Bartosch soll, wurde vermutet, zu dieser beachtlichen Ansammlung gehört haben.

Mithin war es wohl nicht weiter verwunderlich, daß er außer dem Gasthof »Zur guten Einkehr« auch dessen Pächterin Isolde Breitner als seinen Besitz betrachtete. Abgesehen davon wurde diese Lokalität auch auf sonst noch wirksame Weise genützt – zumal von »seinen« Bauern. Diese durften hier mit ihm stets »Zwiesprache« halten – bei bereitstehenden großen Bieren und Schnäpsen. Was praktisch zu bedeuten hatte: Die vertrauten ihm ihre Sorgen an, und er erteilte ihnen anschließend Ratschläge; die als absolut verbindlich zu gelten hatten.

Doch diesmal passierte, bevor er den Gasthof erreichte, etwas Beispielloses. Nicht weit von seinem Ziel, dem er lebhaft um sich blickend zustrebte – damit ihm niemand entging, der ihm seinen Gruß darzubieten wünschte –, wurde er von seinem Hund Muckel auf ein Hindernis aufmerksam gemacht. Mitten im Weg stand geradezu provozierend ein seltsam anmutendes Kerlchen mit fuchsähnlichen Laueraugen und einem irritierend sanftmütigen Lächeln.

Pankraz Pokorny hielt es für angebracht, sich nicht aus der Ruhe bringen zu lassen und im übrigen belustigt zu reagieren. »Na, was machst du denn hier, du kleine Kröte? Willst du mir nicht aus dem Weg gehen?«

Eigentlich hätte er »uns« sagen müssen; schließlich war ja Muckel in seiner Begleitung, und sein eigenwilliges Hundchen legte Wert darauf, nicht übersehen zu werden. Dieses blickte denn auch sofort leicht verwundert zu seinem Herrn und Begleiter auf, um sich dann jedoch mit sichtlichem Interesse wieder dem Knaben zuzuwenden.

Der wiederum dachte nicht daran, beiseite zu treten; vielmehr blickte er Pankraz offen und ganz direkt ins Gesicht, als schätze er ihn ab. Um dann selbstbewußt zu erklären: »Ich bin keine Kröte und eine kleine schon gar nicht. Du weißt wohl nicht mehr, wie ein Mensch aussieht? Mein Name ist Karlchen. Ich bin hier das Waisenkind.«

Pokornys Erheiterung nahm erheblich zu. Ansonsten

meinte er jedoch: Kinder durften nicht so unverschämt reden wie dieser winzige Wicht – nicht einmal mit ihm, der immerhin auch für kleine Jungen und Mädchen wohlwollendes Verständnis zu entwickeln pflegte; vorausgesetzt, sie benahmen sich gesittet. »Also, Karlchen und wer oder was du auch immer bist«, meinte er noch ganz gemütlich, »sei nicht länger ungezogen und geh mir gefälligst aus dem Weg.«

Muckel hatte genau herausgehört, daß sein Freund und Gefährte wiederum lediglich »mir«, nicht »uns« gesagt hatte. Das mißfiel ihm. Er schüttelte seinen kleinen, wenn auch – der Gegend angepaßt – dicklichen Kopf.

Der Knabe Karl jedoch bewegte sich keinen Zentimeter von der Stelle, vielmehr begann er den Großbauern aufzuklären: »Ich habe hier schon gestanden, lange bevor du gekommen bist, um die Enten und Gänse im Teich zu zählen. Also brauche ich auch nicht auszuweichen; das mußt du machen.«

»Was sind denn das für Töne!« Pankraz Pokorny wußte nicht so recht, wie er sich jetzt verhalten sollte. Durfte er sich über diesen kleinen Hammel mit dem Kinderlächeln noch weiterhin belustigt zeigen – oder hatte er bereits väterlich empört zu sein? Jedenfalls fragte er ihn, bereits mit einer gewissen Strenge im Ton: »Weißt du denn nicht, wer ich bin?«

»Na, und ob ich das weiß, Pankraz Pokorny! Aber offensichtlich hast du bis heute nicht gewußt, wer ich bin. Dabei wird von dir gesagt, daß du in dieser Gegend jede Kuh kennst, jedes Fohlen und jedes Kalb – aber auf Kinder scheint das nicht zuzutreffen. Weshalb du auch nicht einmal ahnst, zu wem ich gehöre, wer meine Mama und meine Oma sind – nämlich die Bartosch. Das sagt dir doch wohl einiges? Oder etwa nicht?«

»Du also bist das!« Pokorny, selbsternanntes Oberhaupt von Bärenwalde, schwankte noch immer zwischen lässiger Heiterkeit und unmutigem Grimm. Dieser kleine Bursche war völlig aus der Art geschlagen. Wie der mit ihm redete! So unerschrocken und unangemessen direkt hatte das bisher noch keiner gewagt – weder der Geistliche noch der Gendarm oder gar der Oberlehrer; ja, nicht einmal das sich vergoldet vorkommende Arschloch von einem Baron!

»Was stellst du dir eigentlich vor, Karlchen? Du willst dich doch nicht etwa mit mir anlegen? Ausgerechnet mit mir?«

Doch in diesem Augenblick geschah etwas, das niemand hätte vorausahnen können. Es war mehr als nur ein gewöhnlicher Vorgang; es war eine Art Ereignis, noch dazu eins mit erheblichen Folgen. Wer das, was nun kam, beobachten konnte, staunte ganz schön darüber und mochte es kaum glauben: Muckel, der Hund, Pokornys einzig geliebter Freund, löste sich von der Seite seines sogenannten Herrn, um mit leicht gestelzten tänzerischen Bewegungen dem zierlichen Knaben entgegenzutrotten. Direkt vor ihm blieb er stehen, sah ihn groß an, um ihn dann mit seiner feucht-kühlen Ledernase sanft anzustoßen. So, als fordere er ihn mit großzügig gewährtem Wohlwollen auf: »Du darfst mich berühren. Streichele mich – wenn du willst.«

Sofort kniete Karlchen sich hin, zu jeder Zärtlichkeit bereit. Sie blickten sich in die Augen. Und dann kraulte der Knabe dem schwanzwedelnden Muckeltier das Fell.

»Was ist denn das!?« rief Pankraz Pokorny aus, maßlos verblüfft, wenn nicht nahezu verstört.

»Das«, sagte Karlchen entzückt, »ist ein wunderwunderschönes, ein sehr liebes und wohl auch kluges Hundchen. Das gefällt mir – und ich gefalle ihm offenbar auch.«

»Worauf du«, Pankraz hatte einige Mühe, sich wieder zu fangen, »ziemlich stolz sein darfst.«

»Was ich auch bin, Pankraz Pokorny!«

Angesichts dieser wirklich und wahrhaftig innigen Begrüßung faßte Pokorny einen Entschluß, dessen Tragweite noch gar nicht abzusehen war. Zwar hatte er sich schon immer bereit gezeigt, seinem Muckelchen jede erdenkliche Freude zu gönnen und ihm alle Hundewonnen zu verschaffen, soweit ihm das menschenmöglich war – aber was diesmal von ihm verlangt wurde, ging über alles Bisherige hinaus. Bis heute war es oftmals so gewesen, als wären er und sein Hund gewissermaßen ganz allein auf der Welt; konnte sein, daß sie sich zu zweit manchmal einsam gefühlt hatten – unglücklich jedoch niemals. Doch nunmehr war ein drittes Wesen aufgetaucht, das von Muckelchen offensichtlich akzeptiert wurde. Nun, wenn der das tat, dann mußte eben er – Pankraz Pokorny – das gleichfalls tun.

»Also, dann komm mal zu mir, mein Jungchen!« sagte Pankraz. »Beriechen wir einander, wie man bei uns so sagt. Der kleine Hundewicht scheint sich das zu wünschen.«

»Der ist unvergleichlich!« versicherte Karlchen.

»Du sagst es! Und in der Tat ist dieses Tier ein ganz besonderes Geschöpf. Bedeutet mir viel – sehr viel. Was du verstehen kannst – nehme ich an, hoffe ich.«

Was Muckelchen für Pankraz tatsächlich bedeutete, wußte ansonsten wohl nur ein einziger Mensch, der noch darüber hinaus so gut wie alles andere zu durchschauen vermochte, was sich in dieser Bärenwalder Welt ereignete: Siegfried Seelinger, der Jude. Ein überall dahingleitender Schatten, ein stiller Beobachter, einer, der sich sanft einmischte, und noch dazu Pokornys Freund.

Er lebte auf dem sogenannten »großen Judenhof« beim Wildgänsesee; dort hatten bereits seine Vorfahren gehaust – und zwar seit nahezu zwei Jahrhunderten. Die anderen Bewohner der nahen und nächsten Umgebung waren nicht gerade geneigt, diese Sippschaft als »Geschlecht« zu bezeichnen; obwohl doch, wenn auch widerstrebend, zugegeben werden mußte, daß sich die »Seelingers« erheblich früher in diesem Ostpreußen angesiedelt hatten, als die »Pokornys«. Sie kamen vermutlich von Polen und waren sogar noch wesentlich »ältere« Landsleute als diese Barone von Bachwitz-Körner.

Siegfried Seelinger war der letzte seiner Sippe; außerdem fast auf den Tag so alt wie Pankraz Pokorny. Er hatte sich niemals verehelicht; und niemand wußte bislang etwas von irgendwelchen ihm nachweisbaren Kindern. »Immer noch besser«, hatte er eines sehr dunklen Tages seinem Freund Pankraz anvertraut, »wir Juden sterben aus, als daß wir gewaltsam ausgerottet werden.« Eine Äußerung, die zunächst nicht verstanden wurde; hier in Ostpreußen zu jener Zeit wohl auch gar nicht verstanden werden konnte.

Ob nun der Name Seelinger von »See« oder »Seelen« abzuleiten war, wußte niemand. Bei den Mitgliedern der Familie hatte es sich über Jahrzehnte hinweg um sogenannte »Viehjuden« gehandelt, also um emsige Rindviehhändler und sicherlich auch geschickte Roßtäuscher; jedenfalls hatten sie ein Vermögen gemacht. Siegfried Seelinger allerdings wollte kein Händler sein – er bezeichnete sich als Züchter. Er erreichte es mit außerordentlicher Geschicklichkeit, daß sein Zuchtbetrieb für Rinder – zunächst nur diese, Pferde kamen noch dazu – zu einem weithin bekannten und angesehenen Unternehmen erklärt wurde – und zu einem berüchtigten dazu.

Pankraz konnte, obwohl er sich mit Siegfried eng befreundet glaubte, ein Lied – sogar einige Lieder – davon singen; dunkel getönt und gelegentlich nicht frei von Anklage. Zwar vermied er es, unbedingt zum Ausdruck zu bringen, daß ihn »sein Freund Siegfried« nach allen Regeln der Täuschungskunst regelrecht zu bescheißen pflegte – aber dem war wohl so! Dabei war durchaus anzunehmen, daß ihm der Siegfried in geschäftlicher Hinsicht haushoch überlegen war. Was die Freundschaftsgefühle auch nicht gerade beflügelte.

Da gab es zum Beispiel jene ebenso merk- wie denkwürdige Geschichte mit einem der beiden Jungstiere, die

Pokorny in seinem Stall stehen hatte, genannt Jupiter und Zeus, gezeugt von einem gewissen Wotan. Seelinger hatte sich bereit erklärt, eines dieser »Stierchen« zu übernehmen, und zwar Jupiter; für den er einen stattlichen Kaufpreis bot.

Der mißtrauische Pokorny zögerte lange, sich auf diesen Kleinbullenhandel einzulassen – bis ihm dann vom listenreichen Siegfried eine Art Ausgleich angeboten wurde, ein höchst ungewöhnliches Zubrot: »Da habe ich einen jungen Hund entdeckt, mein lieber Pankraz, über den du erstaunt sein wirst. Ein Tier, das sich wie ein Mensch verhält. Den könnte ich dir überlassen.«

Und tatsächlich war Pokorny aufs äußerste verblüfft, als er dieses Hundes ansichtig wurde. Nach der feierlich hochgestochenen Ankündigung hatte er ein kraftvolles, stattliches Tier erwartet, mit schweren Knochen, gut entwickelten Muskeln und starken Sehnen; einen vitalen und stämmigen Rammbock, dem es zugleich gegeben war, wie ein hervorschnellender Pfeil davonrasen zu können. Doch was ihm dann da zugeführt wurde, war ein kaum kniehohes Wollknäuel, pechschwarz von Kopf bis Fuß; ein schnuppernd herumtapsender Kobold, der jedoch bald mit freudigem Jaulen auf Pankraz zustürmte.

Was zwischen den beiden geschah, hätte man »Liebe auf den ersten Blick« nennen können. So jedenfalls kam der Großbauer Pokorny zu seinem Muckelchen. Und fortan waren sie unzertrennlich, gleichsam ein Herz und eine Seele.

Und wenn es etwa einmal irgend jemand wagen sollte, den kleinen Hund des großen Pankraz auch nur leicht verwundert zu betrachten, wurde er von Pokorny unverzüglich belehrt: »Ich warne davor, mein Muckelchen zu unterschätzen! Der hat genausoviel Verstand wie ein Mensch und besitzt außerdem ganz erhebliche Körperkräfte. Wehe dem, der sich mit ihm anlegt; er wird es bereuen!«

Diesen Jungstier von Pankraz, Jupiter, hatte Siegfried, der Züchter, inzwischen sorgfältig und einfühlsam betreut, gehegt und gepflegt; bevor er ihn auf Ausstellungen schickte. Dort wurde er mehrfach prämiiert; es wurde ihm durch Urkunden bestätigt, daß es sich bei ihm um einen prächtigen Zuchtbullen von großer Leistungsfähigkeit handele. So weit, so gut. Daß dann aber Jupiter von Seelinger zu einem Vielfachen des Anschaffungspreises verkauft wurde, wurmte Pokorny mächtig. Doch geradezu zur Weißglut brachte es ihn, daß dieser Jungstier aus seinem Stall ausgerechnet an diesen Affenarsch von Baron gelangte. »Also, Siegfried«, beschimpfte er seinen Seelinger, »du bist ein ganz ausgekochtes, hinterhältiges Luder – diesmal ohne jeden Respekt gesagt. Du hast dir ja schon so manches geleistet, aber das geht entschieden zu weit; so was hättest du mir niemals antun dürfen.« Die lodernde Empörung von Pankraz ging diesmal gleich so tief, daß dabei eine besonders häßliche Sumpfblüte hervorgetrieben wurde. »Aber du kannst ja wohl nicht anders; du bist nun mal – ein Jude!«

»Ich bin dein Freund.« Die Bemerkung »Jude« wurde überhört. »Doch wenn du eine Rechnung aufmachen willst – schön, kannst du haben. Aus meiner Sicht sieht die Sache so aus: Damals habe ich dir, vor etwa zwei Jahren, für deinen Jungstier Jupiter dreihundert Mark hingeblättert; eine recht stattliche Summe. Danach habe ich so an die siebenhundert Mark investiert, worauf ich dann Jupiter verkaufen konnte – und zwar für zweitausend Reichspiepen. Womit sich also ein Gewinn von sage und schreibe eintausend Mark ergeben hat. Und den bin ich bereit, mit dir zu teilen. Wenn du damit nicht zufrieden sein solltest, zahle ich dir sogar alles aus. Den vollen Betrag!«

Pokorny starrte den Freund ungläubig an. »Ist das dein Ernst, Siegfried? Willst du damit tatsächlich sagen, daß ich diese eintausend Mark haben kann?«

In jener Zeit stellte eine solche Summe ein Vermögen dar. Und wenn auch Pokorny als der in dieser Gegend größte aller Bauern keinesfalls darauf angewiesen war, so war es doch wohl richtig, darauf zu achten, sich möglichst nichts entgehen zu lassen. Doch was ihn beschlich, war Mißtrauen.

»Mensch, Siegfried, du brütest doch wohl wieder irgendeine Gemeinheit aus. Welche diesmal? Daß dabei etwas nicht stimmt, sehe ich dir . . . an.« Wobei es ihm gelang, gerade noch dabei Worte wie: »Sehe ich dir an der Nase an« zu unterdrücken – was ja wohl geheißen hätte: an deiner Judennase. Doch Seelinger war hier wohl der einzige Mensch, demgegenüber sogar manchmal Pokorny versuchte, so etwas wie Taktgefühl zu entwickeln.

»Ein Geschäft ist nun mal ein Geschäft«, meinte Siegfried nahezu heiter. »Das kann gewöhnlich, zumal dann nicht, wenn es durch Handschlag besiegelt wurde, nicht mehr rückgängig gemacht werden. Wenn ich dir so was diesmal dennoch anbiete, dann eben wegen unserer langjährigen Freundschaft. Wobei dann allerdings alles, aber auch alles, was mit diesem unserem Geschäft zusammenhängt, aufgerechnet werden muß.«

»Aufgerechnet? Was denn aufgerechnet? Nun laß schon endlich deinen Kater aus dem Sack, du siebenmal gescheiter Siegfried!«

»Es ist kein Kater, Pankraz. Es handelt sich um eine ganz einfache, klare, logische Angelegenheit. Wie du weißt, hat zu unserem Geschäft auch mein damaliges Zusatzangebot gehört, eine Art Ausgleichspreis gewissermaßen. Und eben den brauchst du mir jetzt nur zurückzugeben – Mukkel, den kleinen Hund.«

»Bist du verrückt?!« Pokorny war nahe daran, seine Beherrschung zu verlieren. Hochrot vor Empörung, machte er den Eindruck, als müsse er jeden Augenblick platzen. »Du bist doch wohl ganz und gar von Gott verlassen – oder von deinem Jehova. Versuchst du tatsächlich deine Gewinne gegen solch ein Lebewesen aufzurechnen? Da kann ich nur sagen: Pfui Teufel, Mensch! Oder: Pfui Teufel, Jude! Denn so geht das nicht; nicht bei mir! Und das – weißt du!«

Fast sah sich Seelinger nun veranlaßt zu lächeln. Denn eine solche Antwort hatte er erwartet. Zumindest hatte er geahnt, daß dieser Hund, das Muckelchen, für Pokorny völlig unbezahlbar war. Nicht etwa, weil sich Pankraz dank seines Reichtums derartige Extravaganz durchaus leisten konnte. Das war es nicht. Rechnen konnte der – doch ein beständiges Errechnen, Aufrechnen war das nicht.

Womit dann deutlich wurde: Dieser kleine Hund war dem Pankraz ungefähr so viel wert wie zehn junge Kühe, hundert Enten, fünf Pferde – alle mit allerbesten Anlagen. Das also war es nicht. Was aber dann?

Dieser winzige, seltsame, verknäulte Hund schien für Pankraz Pokorny weitaus mehr als ein Vermögen zu bedeuten. Der gehörte untrennbar zu seinem Leben. Und das wollte er so haben – sein Muckel auch.

An jenem denkwürdigen Tag, an dem sich der Knabe Karl dem Pankraz Pokorny ganz einfach in den Weg gestellt hatte und die beiden nicht etwa wutentbrannt auseinandergegangen waren, sondern sich ganz im Gegenteil entschlossen hatten, einander »zu beriechen«, schritten Pankraz, Karlchen und der Muckelhund gemeinsam – ein nahezu unglaubliches Ereignis in jener Welt der Bärenwalder – auf das Gasthaus zu.

Dabei erschien Pokorny als der machtgebietende Mittelpunkt. Rechts von ihm tänzelte sein ungemein munterer Hund, und zu seiner Linken war Karlchen eifrig bemüht, sich den weit ausgreifenden Schritten des Großbauern anzupassen. Fast konnte man meinen, daß sie schon immer zueinander gehört hatten.

In der »Guten Einkehr« angekommen, steuerte Pankraz auf den stets für ihn reservierten Tisch in der linken hinteren Ecke zu. Hier wies er seinen Begleitern Plätze neben sich an. Jeder bekam einen Stuhl. Die Nasen des Jungen und des Hundes reichten gerade bis zur Tischkante; ihre klugen, aufmerksamen Augen schienen einander zuzublinzeln.

Stimmstark, als befinde er sich inmitten seines Hofes, befahl Pokorny: »Bier! Für mich ein frisch vom Faß gezapftes helles – für meine Begleiter Malzbier in bauchigen Gläsern!« Aus einem bauchigen Glas konnte Muckel erfahrungsgemäß bequem trinken.

Eine der zwei hier beschäftigten Bedienerinnen – beide recht ansehnliche Exemplare, wenn sie auch mehr an Kühe denn an Stuten erinnerten – rief beflissen: »Jawohl, Herr Pokorny!« Um dann unverzüglich geschäftig durch die Gaststube zu traben – und bevor sie noch gekonnt einschenkte, zunächst einmal die Wirtin vom »hohen Besuch« zu verständigen.

Isolde Breitner, der gute Geist des Hauses, trippelte dann auch alsbald herbei. Sie trug ein dunkelblaues, eng anliegendes Wollkleid. Ihr wohlgeordnetes Haar wurde gekrönt von einem sorgfältig geflochtenen Zopf. Sie galt allgemein als tüchtig und war immer präsent – vom Vormittag, sobald ihr Gasthof geöffnet wurde, bis zur Verabschiedung des letzten Gastes in später Nacht.

»Herzlich willkommen, Pankraz!« rief sie vertraulich kokett, und alles an ihr wippte dem wichtigen Gast entgegen. »Du fängst doch nicht an, mich zu vernachlässigen? Ich vermisse dich – bereits seit zwei Tagen.«

»Ich war schwer beschäftigt, Isolde«, klärte Pokorny sie augenzwinkernd auf. »Ich sollte kurz mal abkratzen, wollte das aber nicht. Nun habe ich vielleicht deshalb mächtigen Durst. Kümmere dich, meine Liebe, erst einmal darum – alles andere dann später. Sorge dafür, daß wir hier nicht länger auf dem trockenen sitzen.«

Möglicherweise fühlte sich Isolde Breitner nicht liebevoll genug angesprochen. Hinzu allerdings kam etwas anderes. Daß sich ihr Pankraz in letzter Zeit intensiver um sein komisches Muckeltier gekümmert hatte als um sie, nahm sie gerade noch notgedrungen hin – aber daß nun an seiner Seite auch noch, dazu aufmerksam von ihm betreut, dieser seltsame Junge auftauchte, der sie mit leicht verächtlicher Neugier betrachtete, dies ging entschieden zu weit. So was wollte sie sich nicht gefallen lassen.

Nun aber leistete sich ausgerechnet dieser saufreche Knabe auch noch eine Bemerkung, die ihre weithin anerkannte Dienstbarkeit in Zweifel zu ziehen schien: »Das Bier für Pokorny wird gewiß gut gekühlt serviert. Das Malzbier hingegen für Muckelchen und mich sollte ein wenig angewärmt sein, in etwa eine Temperatur besitzen wie dieser Raum, wenn wir darum bitten dürfen.«

Isolde Breitner reagierte mit unwilliger Ablehnung. »Was soll denn das! Du willst mir doch nicht etwa Vorschriften machen, Kleiner? Kinder haben in einer Gastwirtschaft ohnehin nichts zu suchen. Wenn das der Gendarm . . .«

»Kein Grund, meine Liebe, sich gleich ins Hemd zu machen!« unterbrach Pokorny sie mit leicht verengten Augen und bedrohlich ruhiger Stimme – ein Alarmsignal, erkannte Isolde sofort. Damit wurde ihr als derzeitiger Pächterin der Gaststätte kurz und schlüssig klargemacht, wer hier der eigentliche Besitzer und maßgebliche Prinzipal war. »Wie du siehst, habe ich zwei Gäste mitgebracht. Und ich wünsche, daß sie mit der gleichen Aufmerksamkeit umsorgt werden wie ich.«

Das geschah nun auch unverzüglich. Isolde trug höchstpersönlich die gewünschten Getränke herbei und stellte sie betont sorgfältig ab. »Na also – gut so!« brummte Pankraz. »Und jetzt möchte ich mich mit meinen Freunden unterhalten – möglichst ungestört!«

Die Breitner verstand, nickte ein wenig beleidigt und rauschte wortlos davon.

»Dann mal Prost, meine Lieben!« forderte Pokorny seinen Hund und Karlchen auf. Sie tranken von dem Bier und nickten dann – so sah es aus – einander vertraulich zu, bis Pankraz sich an den Knaben wandte und – während Muckel offenbar höchst aufmerksam mithörte – von ihm wissen wollte: »Du bist also einer von den Bartosch. Sag mal, wie geht es denn denen so?«

»Interessiert dich das überhaupt?« Karlchen beantwortete die Frage mit einer Gegenfrage – wie das ansonsten nur ein Siegfried Seelinger zu tun pflegte.

»Wieso soll mich so was denn nicht interessieren? Mich beschäftigt grundsätzlich alles, was irgendwie mit mir zu tun hat oder zu meinem Bereich gehört.«

»Dazu zählen wir aber nicht. Wir gehören niemand.«

»Recht gut gesagt, mein Kerlchen; sehr gut sogar«, versicherte Pokorny besänftigend und prostete dem Kleinen zu, ohne daß dieser darauf reagierte. »Wie ist das eigentlich mit der Elfriede«, wollte er sodann behutsam wissen. »Ist das deine Mama? Bist du also ihr Sohn?«

»Bin ich nicht ... leider nicht. Ich hab dir doch schon gesagt, daß ich ein Waisenkind bin. Aber es wäre schön, wenn Elfriede meine richtige Mama sein könnte. Sie ist nämlich ein ganz wunderbarer Mensch, wie es hier keinen zweiten gibt ... hier nicht und auch anderswo nicht; also weit und breit nicht. Das kannst du mir glauben!«

»Aber ja, Karlchen! Warum sollte ich dir das nicht glauben? Du sagst es, weil du davon überzeugt bist. Das ist in Ordnung, das gefällt mir – nur weiter so.«

»Sie kann ungeheuer viel, meine Elfriede. Nicht nur Kleider nähen, Möbel und Wände anpinseln, das Haus in Ordnung halten – sie kann auch kochen. Und wie! Wenn du mal bei ihr gegessen hättest, würdest du dir danach alle zehn Finger abschlecken – und Muckelchen seine vier Pfoten.« Der kleine Hund schnaufte höchst anteilnehmend auf, als habe er jedes Wort mitbekommen. Von Speis und Trank verstand er nämlich einiges dank diesbezüglicher Fähigkeiten von Pokornys Schwester Paula. Sollte es tatsächlich möglich sein, deren Küchenkünste zu überbieten? Das hätte Muckel wohl sehr gern gewußt.

»Ich habe davon gehört, wie hervorragend Elfriede wirtschaften und sogar kochen kann«, versicherte Pokorny mit einer Ernsthaftigkeit, als gedenke er mit Karlchen ein tiefschürfendes Gespräch von Mann zu Mann zu führen. »So was verdient Anerkennung – auch von mir.«

»Tatsächlich? Na, wie schön!« freute sich der Kleine. »Aber dann verstehe ich erst recht nicht, warum du so sehr gegen Elfriede bist, gegen meine Mama. Eine bessere Frau als sie kannst du doch gar nicht für deinen Sohn Emanuel bekommen. Aber du hast was gegen sie? Na, was denn?«

»Das könnte ich dir schon sagen, liebes Karlchen; muß aber annehmen, du verstehst das nicht. Noch nicht.«

»Versuch dennoch, bitte, mir das klarzumachen. Ich bin ja schließlich kein dummer Hund ...« Tief betroffen hielt er inne und starrte Muckel an; wie hatte er nur so etwas von sich geben können? »Entschuldige bitte, Muckelchen – ich wollte sagen: Ich bin kein dummes Schwein ...« Jetzt war er vollends verwirrt und fing an zu stottern: »Das ... das wollte ich auch nicht ... ich weiß ja, daß Schweine zu den intelligentesten Lebewesen gehören. Das muß jeder wissen, der sich ein bißchen näher mit ihnen beschäftigt hat ...«

Muckelchen betrachtete den stotternden Jungen sichtlich verständnisvoll, jedenfalls absolut nicht gekränkt. Und Pokorny schlug mit der Hand auf den Tisch und rief: »Ja, mein lieber Kleiner, so ist das nun mal! Man lernt niemals aus und immer noch dazu. Angeblich. So jedenfalls wird behauptet.«

Erstaunt über die letzten Worte blickte Karlchen auf. »Heißt das etwa, du hast aufgehört, irgend etwas dazuzulernen?«

Pankraz Pokorny winkte ab. »Das will ich damit nicht gesagt haben! Aber es gibt nun mal Dinge, die man nicht gleich begreifen kann – nicht, wenn man so jung ist wie du.«

»Diese Ausrede kenne ich, Pankraz! Solchen Seich, von wegen zu jung, geben der Pfarrer und der Lehrer immer von sich, wenn sie nicht mehr weiterwissen. Also weißt auch du nicht, wie es hier weitergehen soll. Denn genauso siehst du aus.«

Der Großbauer war ernst geworden. Nicht ohne eine Spur des Bedauerns stellte er fest: »Du kannst mich nicht leiden. Stimmt's?«

Karlchen zuckte die Schulter. »Na ja – aber wie kann ich dich mögen, wenn du meine Mama nicht magst? Doch immerhin hast du einen lieben, einen sehr lieben Hund. Und das, Pankraz Pokorny, spricht für dich!«

Am nächsten Tag – ein wenig verfrüht in diesem Jahr, wurde besorgt gemunkelt – begann auf dem Pokorny-Besitz die Roggenernte. Das Feld, nördlich des Bärensees gelegen, war nahezu 3000 Quadratmeter groß, ganz flach und somit gut zu überschauen.

Der Großbauer ließ es sich nicht nehmen, an solch einem Erntetag bereits unmittelbar nach der Morgendämmerung heranzumarschieren, begleitet von seinem Großknecht Lipski, dem weitere drei Knechte folgten; ein Dutzend Hilfskräfte kamen hinzu. Diese kräftigen Helfer waren zur Hälfte polnische Saisonarbeiter, die Siegfried Seelinger zur Verfügung gestellt hatte. Ihre blankgewetzten Sensen glänzten in der frühen Sonne.

Das Korn wurde in sechsfacher Mannesbreite geschnitten. Allen voran schwang Pankraz Pokorny seine Sense – stumm, mit wuchtigen, weit ausholenden Bewegungen. Seine Schnittbreite betrug noch immer, genau wie einst, als er ein junger, kraftstrotzender Muskelmensch war, 180 Zentimeter – eine Leistung, die kein anderer zu erreichen vermochte; weder damals noch jetzt.

Der nunmehr fast Siebzigjährige mähte mit einer Präzision, die von noch so ausgeklügelten Landmaschinen niemals zu schaffen war. Und das stundenlang, pausenlos. Wohl keuchte er dabei schwer, Schweiß sickerte über sein Gesicht, doch seine Beine stampften stark, und seine kräftigen Arme hebelten die Sense zielsicher durch den Roggen. Jener angeblich wahre Sensenmann, der Tod, schien damit verglichen ein Stümper zu sein – falls jemand versucht sein sollte, einen derartigen Vergleich anzustellen.

Die hinter ihm mähenden Männer, deren Schnittbreite kaum viel mehr als 120 Zentimeter betrug, meinten mühsam schnaufend: »Dieser Kraftprotz will doch nur wieder einmal zeigen, was er noch alles auf dem Kasten hat; will wohl beweisen: Niemand kann mit ihm mithalten, ohne alsbald den Schwanz einzukneifen. Umzubringen jedenfalls ist dieser Wunderkerl nicht. Noch lange nicht.«

Während dieser von scharfen Schnitten zischenden, prasselnden Roggenernte, unter einer tagsüber heiß brütenden Sonne blieb Muckel, der Hund, nicht etwa untätig und abwartend am Feldrand liegen. Wohl hätte er dort im Schatten ungestört ruhen können – doch dieser offenbar mit menschenähnlichen Gefühlen gesegnete Helfer erfüllte eine ganz besondere, ihm angemessene Aufgabe.

Denn dieses seltsame Trolltier wieselte weit vor den Schnittern kreuz und quer durch den Roggen, um dort Vögel, Maulwürfe und andere Lebewesen aufzuscheuchen, damit sie nicht unter die gefahrvollen, vielleicht sogar todbringenden Sensen gerieten. Erst im vorigen Jahr, gleich bei seinen Anfangsversuchen, war es Muckelchen gelungen, ein gerade geborenes Reh aufzuspüren; und zwar so rechtzeitig, daß es geborgen werden konnte, ohne in panische Angst geraten zu sein.

Bereits zwei Stunden vor jener für die Abräbelung veranschlagten Zeit war das Werk vollbracht. Die Schnitter sammelten sich, zwar leicht taumelnd, aber dennoch glücklich, beim Ausgangspunkt des großen Mähens. Denn was nun auf sie zukam, war das, wonach sie sich in diesen anstrengenden Stunden gesehnt hatten: Freßkörbe, Kaffeekannen, Schnapsflaschen, stattliche Berge frisch duftender Brotschnitten. Die Scheiben, Klappstullen genannt, waren zweiseitig dick mit Butter bestrichen worden, dazwischen lagen verlockend pralle Brocken Wurst, hauptsächlich Blut- und Leberwurst. Nun mampften die Männer hingebungsvoll und auch deutlich hörbar vor sich hin; zu irgendwelchen Gesprächen waren sie bei einer solchen Beschäftigung kaum aufgelegt. Wessen Maul voll ist – ostpreußisches Sprichwort –, der kann nicht dumm reden.

Pankraz Pokorny hatte sich gemeinsam mit seinem Muckelhund im Schatten einer einsam dastehenden Linde niedergelassen. Dort saß er auf einem der von den Feldern her fleißig zusammengetragenen Steinhaufen, von denen es hier unzählige gab. Er versorgte Muckelchen, aber auch sich, mit stattlichen Portionen einer ihrer Lieblingsspeisen, mit gekochtem Schinken.

Während sie damit intensiv beschäftigt waren, näherte sich ihnen unerwartet – der aufmerksame Muckel merkte diese Störung zuerst – ein merkwürdiges, hier keinesfalls als gewöhnlich zu bezeichnendes menschliches Wesen; klein, fledermausartig, schwarz gewandet. Auf einem Fahrrad hockend, mit heftig strampelnden Bewegungen gleichsam flatternd, kam dieses Menschlein auf sie zu. Es handelte sich um Siegfried Seelinger, den Juden.

Dabei war es den Bewohnern von Bärenwalde und Umgebung durchaus bekannt, daß Seelinger wahrlich nicht nur über ein solches Tretgerät verfügte. Auf seinem »Judenhof« stand, wie in seinem eigenen Stall, auch noch ein schwarz, grau und silbern funkelnder Kraftwagen, ein Achtzylinder-Horch; weit größer und stattlicher als der Opel des Barons. Siegfried jedoch hütete sich davor, mit seinem blitzenden Dampfroß großspurig durch die Gegend zu brausen; das benutzte er vielmehr nur gelegentlich, etwa für seine Reisen nach Allenstein, Elbing oder Königsberg. Auch hätte er im übrigen hier jederzeit mit einem prächtigen Jagdwagen-Zweigespann aufkreuzen können. Wohl war seine inzwischen auf- und ausgebaute Pferdezucht derzeit noch wesentlich kleiner als jene des nahen Gestüts von Trakehnen; sie begann aber dennoch genauso berühmt zu werden.

Was diesen Seelinger, Siegfried, nicht davon abhielt, für kurze Fahrten in und um Bärenwalde lediglich das Fahrrad zu benutzen. Von dem stieg er nun ab, winkte Pokorny und dessen Hund zu und lehnte sein Stahlroß sorgsam an den Stamm der Linde, unter dem die beiden hockten, um sich dann mit großer Selbstverständlichkeit unaufgefordert neben ihnen niederzulassen. Wobei er lediglich sagte: »Grüß dich, mein Muckelchen!«

»Das ist nicht ›dein‹ Muckelchen«, wurde er von Pankraz unwirsch belehrt. »Und wie ich dich kenne, bist du bestimmt nicht bloß gekommen, um meinen Hund zu begrüßen. Miteinander verabredet jedenfalls sind wir nicht! Also willst du irgendwas von mir. Was?«

»Ich wollte nur mal sehen, wie es dir so geht, Pankraz – du erklärter Todeskandidat. Wobei du allerdings kaum den Eindruck machst, bereits aus dem letzten Loch zu pfeifen. Doch immerhin – reichlich mitgenommen siehst du aus. Wohl weiter kein Wunder bei dem, was du dir da so alles zumutest. Schließlich bist du nicht mehr der Jüngste.«

»Dich, Siegfried, werde ich überleben. Allemal.«

»Na, hoffentlich, Pankraz! Es gibt nichts, was ich mir mehr wünschen könnte. Denn was wäre ich hier ohne dich? Vermutlich längst abgeschrieben, abgedrängt, erledigt. Was bin ich schon? Nichts als ein Jude.«

»Ein derartig dämliches Zeug gibst du bereits seit Jahrzehnten von dir«, stellte Pokorny fest, mit leicht belustigtem Knurren. »Du sonnst dich ja geradezu in deinem Verfolgungswahn. Sogar mit Wonne.«

»Das, Pankraz, solltest du nicht sagen.« Und sehr ernst geworden, fügte er hinzu: »Sieh das lieber so: Solange du in meiner Nähe bist, kann auch ich hier einigermaßen ungestört leben. Nichts selbstverständlicher also, daß ich mir wünsche: Dir möge es noch recht lange gutgehen.«

Gespräche dieser Art stellten so was wie ein Ritual ihrer Begegnungen dar, seitdem sie sich kannten. Das hatte bereits begonnen, als sie einstmals gemeinsam die Schulbank drückten, wurde in ihrer gärenden Jugend fortgeführt und weiter, als sie längst erwachsen waren. Dabei allerdings war es nicht etwa Pankraz gewesen, der mit drängender Beständigkeit auf das sogenannte »jüdische Wesen« seines Freundes hingewiesen hätte; so was besorgte vielmehr Seelinger selbst und das mit erstaunlicher Ausdauer. Vermutlich wollte er einen gewissen, ihm wohltuenden Widerspruch provozieren. Ein Gefallen, den ihm dann auch Pankraz zumeist tat.

»Im Grunde allerdings weiß ich wirklich nicht, Siegfried, weshalb du mir immer wieder, und gleich derartig hartnäckig, mit solchen unnötigen Gemütsblähungen kommst. Ich bin evangelisch, der Doktor würde gern katholisch sein, der Baron soll sich angeblich als Freimaurer betätigen – und du bist ein Jude. Na und? Die Hauptsache dabei ist doch allein diese: Wir sind Ostpreußen. Und was für welche!«

Mit weit ausgestreckten Händen bot nunmehr Pokorny beim Steinhaufen unter der Linde seinem Seelinger Brot und Butter an. Nur das. Denn er wußte, daß sein Freund Fleischprodukte entschieden verschmähte, und das bereits seit seiner Kindheit.

Siegfried jedenfalls griff nach dem ihm dargereichten Brot, brach davon einige Krusten ab, kaute darauf herum. Von Muckelchen mit nachsichtigem Bedauern beobachtet. Dann aber sagte er:

»Du, Pankraz, machst unentwegt den Eindruck, als wärest du überzeugt davon, daß wir hier in unserem Ostpreußen völlig unabhängig vom übrigen Deutschland existieren können. Als wären wir ausschließlich auf uns gestellt, in einer eigenen, unzerstörbaren Welt.«

»Genau das glaube ich«, bestätigte Pokorny ganz ernsthaft. »Unsere Welt ist eine besondere; eine ganz und gar unvergleichbare. Die können wir uns leisten, wir sind stark genug.«

Wobei er es dann für erforderlich hielt, diese seine Erkenntnisse, welche jedoch in seiner Bärenwalder Welt immer noch maßgeblich waren – oder wollte das jemand bestreiten? –, etwas näher zu begründen. Und zwar so:

Sein Ostpreußen, jenes dieses Jahres 1930, sei eine von Polen eng umgebene Insel. Wobei sich jedoch zeige, daß es durchaus möglich sei, sogar mit den Polen recht gut auszukommen. Sobald die nur einigermaßen richtig behandelt würden; wie er das persönlich immer wieder vorzuexerzieren versucht habe. Das waren doch Realitäten!

Pankraz Pokorny redete sich in Fahrt; offensichtlich selbst beglückt von seinen hochtrabenden Gedankengängen, welche er für durchaus zeitgemäß hielt. Sie seien, versicherte er tönend, Preußen, wie eben alle in diesem Land. Aber auch irgendwie nach Osten orientiert. Und dann sagte er:

»Berlin ist weit. Das Weimarer Geschwätz geht uns nichts an.« Wovon Pankraz Pokorny offenbar überzeugt zu sein schien. »Und jener Paul von Hindenburg, der derzeitige Reichspräsident, ist schließlich auch einer von uns. Mithin wird uns hier kaum jemand stören – wenn wir geruhsam zu verdauen begehren, unseren Hintern hinstrekken auf möglichst angenehme Weise.«

Muckel knurrte.

»Du meinst doch nicht etwa«, fragte Seelinger bedächtig, »daß hier, wo wir unsere Tage und Nächte verbringen, so was wie ein Paradies vorstellbar ist? Mitten unter uns. Ohne – Fehler?«

»Fehler, na klar, die gibt es immer wieder. Auch in einem Paradies. Das hat die Geschichte von Adam und Eva bereits bewiesen. Aber die lassen sich bei uns bereinigen. Oder – etwa nicht? Worauf willst du hinaus?«

Seelinger schien nun bereit dazu, deutlich zu werden. »Was ist denn hier fehlerhaft? Versuchst du denn nicht ganz beharrlich bei den dir ausgelieferten Menschen Schicksal zu spielen; dich denen gegenüber wie der Herrgott höchstpersönlich aufzuführen?« Muckel schnaufte auf, als sei er zutiefst erregt.

»Also, Siegfried, ich weiß wirklich nicht, was du mir da einreden willst, du Neunmalgescheiter. Eigentlich mußt gerade du mich wesentlich besser kennen als jeder andere sonst. Ich denke doch gar nicht im Traum daran, irgend jemand irgendein Schicksal zuzuteilen.«

»Dazu gehörte dann aber auch, besonders bei uns Ostpreußen, daß jeder sich darum bemüht, einsichtsvoll, großzügig und menschlich zu sein. Sich also hütet – vor dunklen Drohungen und mißverständlichen Andeutungen, die böses Blut schaffen. Versuche also endlich mal, gewissermaßen mit väterlicher Güte, ein klärendes Wort zu sprechen. Womit sich dann hier jeder gefährliche Streit sofort auflösen würde – und zwar in Wohlgefallen.«

»Langsam schwant mir, worauf du hinauswillst. Mach das lieber nicht.«

»Was ich erwarte, Pankraz, von dir, ist ein ganz kleines und deutliches ›ja‹. Weiter nichts. Also deine Zustimmung zur Eheschließung deines Sohnes Emanuel mit Elfriede Bartosch.«

Muckelchen begann nun wieder mit interessierter Anteilnahme vor sich hin zu blinzeln; es schien sogar, als nicke er Seelinger ermunternd zu. Pankraz Pokorny hingegen erhob sich unwillig, stand breit und schweratmend da, mit seltsam glitzernden Augen. Seine Schnapsflasche hielt er wie eine Keule in der rechten Hand.

»Ich kann einfach nicht glauben, Siegfried, daß du etwa wegen dieser Angelegenheit hierher gekommen bist. Und weißt du, warum genau ich das nicht glauben kann? Weil ich einen solchen Vorschlag, noch dazu von dir, als eine erschreckende Zumutung empfinden muß.«

»Ach, Pankraz! Weshalb bringst du es nicht fertig, ein einziges Mal wenigstens, über deinen Schatten zu springen? Es ist doch im Grunde ganz einfach, deinen Widersachern das Wasser abzugraben; du brauchst sie nur vor vollendete Tatsachen zu stellen. Dann entfällt für diese lauernden Gestalten jede weitere Verlockung, gegen dich vorzugehen, dich zu bedrohen, auszuschalten. Das wäre die beste Lösung. Deinetwegen.«

Pankraz ließ sich nun wieder nieder; es war, als sei ein mächtiger Stein zu Boden gefallen. Das Muckelchen lief besorgt auf ihn zu, während er gewichtig seine Flasche hob, um daraus zu trinken.

Dann seufzte er, es klang wie ein Stöhnen. »Ich begreife dich nicht, Siegfried. Ausgerechnet du erwartest, verlangst sogar so was Ungeheuerliches von mir! Dabei mußt du, gerade du, doch genau wissen: Wenn ich diesen deinen Ratschlag befolge, dann habe ich mich hier womöglich selbst gerichtet. Dann bin ich erledigt. Als Bauer unter Bauern, als Mann, als Mensch, als Vater. Willst du es darauf ankommen lassen? Das kannst du nicht wollen!«

»Ach, mein lieber Freund! Du bist selbst noch in deinen borniertesten Torheiten so unglaublich selbstherrlich. Du denkst immer nur an dich. Du versuchst es erst gar nicht, über dich hinaus- und in andere Menschen hineinzudenken. Du glaubst so was wie der Nabel der Welt zu sein – ohne dich geht nichts, läuft nichts, kommt nichts zustande. Was auch immer hier geschieht und gemacht wird – das hast du gemacht, allein du ... Ein großer Irrtum ist das, Pankraz, ein ganz großer Irrtum!«

»Was soll dieser Firlefanz, du heimtückischer Scharlatan!« rief Pokorny wütend. »Unterlaß gefälligst diese dämlichen Andeutungen. Willst du mich verwirren, um das dann zu genießen? Oder willst du mich wieder einmal aufklären? Aber worüber? Schleim dich mal ein bißchen deutlicher aus!«

»Kann ich leider nicht«, sagte Seelinger und sah dabei betrübt Muckel an, als wollte er ihn um Verständnis bitten. »Wenn ich auch Siegfried heiße, so bin ich doch ein Jude; als Jude bekannt – und gezeichnet. Mithin kann ich mir in der Öffentlichkeit nicht halb so viel Deutlichkeiten oder gar Aufrichtigkeiten leisten wie du. So ist das nun mal. Mehr gibt es dazu nicht zu sagen.«

»Komm mir doch nicht immer und immer wieder mit diesem haarsträubenden Unsinn, Mensch – von wegen Jude, Jehova, Thora und so was. Darum kümmert sich bei uns doch keine Sau.«

»Das glaubst du! In Wirklichkeit können sich daraus jederzeit Bedrohungen ergeben – und das kann dann sehr schrecklich werden. Und so was wittere ich; hier gibt es Kerle, die nur darauf lauern, auf mir und meinesgleichen herumzutrampeln.«

»Und weißt du, was ich zu wittern beginne? Eine deiner ganz großen, ausgekochten, hinterhältigen Intrigen! Sag mir, Mensch, was du diesmal in deinem krausen Hirn ausbrütest! Wessen Spiel gedenkst du zu spielen? Doch nicht etwa das deines Lieblings Peter-Paul? Schau mich nicht so vorwurfsvoll an, Siegfried – und du, Muckel, auch nicht! In diesem Land scheint, verdammt noch mal, so gut wie nichts unmöglich zu sein!«

Nun ja . . . sie befanden sich in Ostpreußen.

Fast zur gleichen Zeit suchte Friedrich-Wilhelm, der Stattliche, mit der Versicherung, ihr seine Liebe und Verehrung zu bezeigen, seine Tante Paula im Pokorny-Hof auf. Er fühlte sich als deren Liebling – was er zu genießen schien; zumal das auch seine Vorteile hatte.

Paula war nicht allein. Der soeben von der Roggenernte zurückgekehrte Großknecht Lukas Lipski berichtete gerade, wie der kurz zuvor vom »Totenbett« auferstandene Großbauer Pankraz Pokorny die Arbeit überstanden hatte: »Allen voran ist er gewesen«, sprudelte er geradezu hervor, was bei ihm Seltenheitswert besaß. »Wie ein Stier war der! Sensen kann er noch immer wie kein anderer. Fast zwei Meter breit. Die Halme kurz über dem Erdboden abgeschnitten. Wie rasiert!«

Derartige Beschreibungen waren Paula aus vielen vorangegangenen Jahren bekannt; so gesehen stellten sie also in Bärenwalde nichts Neues dar. Nur eben, daß Pankraz selbst diesmal nicht die Spur einer Schwäche gezeigt hatte, grenzte fast an ein Wunder; bewies jedenfalls erneut, welche höllische Energie in diesem Kraftkerl steckte.

Paula stärkte ihren Lukas durch ein ostpreußisches Nationalgetränk: aufgekochte Milch, verrührt mit Honig, Eigelb und Rum. Sodann beschäftigte sie sich mit Friedrich-Wilhelm und setzte ihm nach kurzem Aufenthalt in ihrer Küche eine seiner Lieblingsspeisen vor – Speckkartoffeln mit Setzeiern, sechs an der Zahl.

Während er diese saft- und kraftspendende Nahrung in sich hineinschlang – er benutzte seine Gabel wie eine Schaufel –, wollte er wissen: »Wo ist denn der Kleine?« Er meinte seinen Bruder Emanuel.

»Der ist noch bei den Schnittern«, antwortete ihm Lipski, »am Roggenfeld.« Also – das ergab sich daraus und brauchte nicht gesagt zu werden – ganz in der Nähe des Alten. Vermutlich wollte er den bei passender Gelegenheit noch mal auf die Hochzeit ansprechen; notfalls mit mehr Nachdruck als bisher.

So konnte Friedrich-Wilhelm hier ganz in Ruhe »speisen«; unliebsame Überraschungen waren im Augenblick nicht zu befürchten. Er tat das gelegentlich unter Zuhilfenahme von mindestens fünf Fingern, etwa um ein besonders knuspriges Stück Rauchspeck hervorzuziehen. Doch selbst derartige Genüsse hielten ihn nicht davon ab, Fragen zu stellen und seine Wißbegier, eine sozusagen familiäre, zu befriedigen.

»Ich bin ja«, erklärte er freudig schmatzend, »ein guter Sohn, wie du weißt – auch wenn es mir bei diesem Vater niemals ganz leichtgefallen ist. Aber verlassen konnte er sich stets auf mich; schließlich bin ich es gewohnt, meine verdammte Pflicht und Schuldigkeit zu tun. Auch habe ich bisher jederzeit gewußt, wie hier der Hase läuft; zu laufen hat: Neuerdings jedoch sehe ich da kaum noch richtig durch – der Alte wird langsam immer rätselhafter. An welchem Brocken kaut der denn diesmal herum? Ist dir das bekannt, liebe Tante Paula?«

»Na ja«, knautschte sie bedächtig hervor, »der hat da wohl das Gefühl, daß seine Pferde nicht in der richtigen Richtung galoppieren – was ihm mächtig mißfällt. Dabei hat er sich offenbar damit abgefunden, scheint es neuerdings sogar zu begrüßen, daß dein Bruder heiraten will – aber nicht jene Person, die der sich ausgesucht hat. Also nicht Elfriede Bartosch.«

»Irgendwie verständlich – da muß ich dem Alten sogar recht geben. Dieses bereits ein wenig späte Mädchen ist ja in der Tat nicht gerade das, was man eine gute Partie nennt. Die hat nichts, kann also auch nichts in die Ehe mitbringen. Kinder kriegen kann sie natürlich allemal; ganz gut gebaut ist sie – und falls mein jüngerer Bruder in der Lage sein sollte, ihr welche zu machen.«

Paula überhörte derartige wohl spaßhaft gemeinte Bemerkungen und gab sich sachlich. »Die kommt mir nicht ins Haus – hat dein Vater gesagt. Und in diesem Punkt bin ich sogar seiner Meinung.« Was wohl bedeuten sollte: Von der lasse ich mich nicht verdrängen. Und dann kam die absolut unbewiesene Behauptung: »Die kann ja nicht mal richtig kochen ... so gut wie ich jedenfalls nicht!«

Friedrich-Wilhelm pflichtete ihr sofort bei: »So eine wie du, liebe, verehrte Tante, gibt es hier gewiß nicht noch einmal. Es gibt niemanden in ganz Ostpreußen, der dir das Wasser reichen kann!« Worauf er dann gleich wieder auf die Heiratspläne zu sprechen kam: »Wer aber, wenn also nicht die Bartosch, kommt denn sonst für meinen kleinen Bruder in Frage? Sollte da etwa der Alte bereits auf irgend jemand sein Auge geworfen haben? Sonderlich groß ist hier die Auswahl wahrlich nicht.«

Paula nickte mit eifriger Bedächtigkeit. »Haben jedenfalls will er Barbara, die Tochter von Doktor Breisgauer – für die hat er sich entschieden. Also wenn schon, hat er gesagt, dann die oder keine! Und dem kann ich nur zustimmen.«

Na klar, dachte sich Friedrich-Wilhelm, dieses schöne Medizinkalb in Seide, eine Art Dorfschwan mit Gänsegang, war für Tante Paula genau der richtige Typ. Denn – falls diese Barbara hier im Pokorny-Hof auftauchen sollte, dann als leichte Beute für diesen Hausdrachen. Fertigmachen würde sie die! Barbara war Krankenschwester, keine geborene Bäuerin, also nicht robust genug für diesen großen Hof; und damit kein Hindernis für Paulas zielstrebige Entschlossenheit, hier die erste weibliche Geige zu spielen. Nach wie vor.

»Eigentlich«, meinte dann Friedrich-Wilhelm, sich selbst ermunternd, »ist diese Doktorstochter gar nicht zu verachten. Emanuel jedoch will die nicht?«

»Die verschmäht dein Bruder! Da ist er ganz bockig. Der Alte mag flöten oder wiehern, wie und was er will – Emanuel, der dumme Hund, bleibt stur. Er hat sogar eurem Vater überdeutlich gesagt – also nicht nur angedeutet –, er könne ihm mal . . . zwar nicht gleich kreuzweise, doch immerhin! Wie darauf dein Vater reagiert hat, kannst du dir gewiß vorstellen.«

»Na, und ob ich das kann!« Friedrich-Wilhelm reagierte ganz als empörter Sohn; und seiner Ansicht nach der doch wahrlich beste von allen. Worauf er hinzufügte, wobei er sich vermutlich sehr schlau vorkam: »Vielleicht sollte ich mir diese Barbara ein wenig näher ansehen; was meinst du?«

»Sei da vorsichtig, mein Junge!« mahnte Paula, wenn auch mit tantenhaftem Augenzwinkern. »Daß dein Vater Barbara zu seiner Schwiegertochter haben will, ist klar – aber für Emanuel.« Das hieß: für dich nicht.

»Hauptsache ist doch wohl, er bekommt sie, was er offenbar will, in seine Familie.« Womit Friedrich-Wilhelm ziemlich unmißverständlich andeuten wollte: Warum denn nicht durch mich; falls es nicht anders geht?

»Leiste dir nur ja keine voreiligen Dummheiten!« Aus Paulas Worten klang Warnung, doch auch so was wie Ermunterung; sie war nun mal ein ganz ausgekochtes, schlaues Aas. »Du weißt ja, was dein Vater von dir hält.«

Friedrich-Wilhelm winkte ab, mit untrübbarer Überlegenheit. »Der sagt so manches, wenn der Tag lang ist. Trotzdem weiß er genau, was er an mir hat. Ich bin sein Lichterglanz, hat er mal zu mir gesagt; auch, daß ich ihm vorkomme wie eine Flagge.«

»Stimmt! So ungefähr war das wohl«, bestätigte Paula mit süß-saurem Lächeln. Süß-sauer, das mochte sie gern. Einige ihrer allerbesten Speisen, etwa Königsberger Klopse, basierten zugleich auf süßen und sauren Grundelementen. »Wenn Pankraz Lichterglanz gesagt hat, dann hat er damit wohl einen Tannenbaum gemeint, doch nicht behängt mit Kerzen und Kugeln, vielmehr mit Schleifen und Orden. Und was er Flagge nennt, das ist für ihn so ein Ding aus Stoff, das beständig an irgendeinem Mast weht.«

»Ja, so scherzt er!« Friedrich-Wilhelm bemühte sich auszuweichen, versuchte sich diesem Fangnetz für seine Eitelkeiten zu entwinden. »Manchmal kann der Alte ein richtiger Witzbold sein, das bereitet ihm geradezu Wonne. Nach dem Motto: Was sich liebt, das neckt sich.«

»Solltest du dich etwa stark genug fühlen, mein Junge, sogar mit Pankraz fertig zu werden?« Paulas Warnungen uferten zunehmend in Ermunterungen aus. »Zuzutrauen ist dir das. Dir schon.«

Friedrich-Wilhelm hielt es nunmehr offenbar für angebracht, mit Gelassenheit über den Dingen zu stehen. Wohl war er lediglich ein Unteroffizier; doch er hätte durchaus Offizier sein können; sogar Leutnant, einer von der Garde. Immerhin war ihm erst neulich seine demnächst geplante Ernennung zum Oberförster zugeflüstert worden; ganz vertraulich. Und zwar von gleichfalls national gesinnten Kameraden, welche sich in Regierungsbehörden befanden, dort fest im Amt saßen. Die schätzten ihn – er war wer! Bei denen schon.

Wohl auch aus diesem Grunde gab er sich betont bieder. »Ich will ja nur mal Vaters Wunschkandidatin, diese Barbara, ein wenig näher beschnuppern, wie man so sagt. Um dann bei ihr für meinen kleinen Bruder zu werben. Na – was denn sonst?« Mit diesen Worten stelzte er davon. Höchst unternehmungslustig, seiner sicher.

Zurück blieben, im Hauptraum des Pokorny-Hofes, Paula und ihr Lukas. Der blickte sie wie fast immer mit ergebener Bewunderung an. Er wirkte wie ein großer, schwergewichtiger, dennoch ungemein gutmütiger Bernhardiner. Ihm wurde eine Nachspeise vorgesetzt – ein verlockend wabbelnder Schokoladenpudding, der kräftig nach Weinbrand roch und von einem gewaltigen Schlag Sahne gekrönt war, hierzulande »Schmand« genannt.

»Das macht Kraft in den Knochen«, kommentierte Paula, ohne das weiter oder näher zu erläutern.

Lukas Lipski stürzte sich begeistert auf das ihm Dargebotene. Der Schmand triefte von seinen vollen Lippen, die er genußvoll beleckte. Allmählich begann er dann auch nach Worten zu ringen, sie mühsam hervorzukauen: »Mächtiger Mensch, der Friedrich-Wilhelm ... aber nicht so mächtig wie Pankraz ... was will dieses Jungchen denn – wirklich?«

Paula war überzeugt davon, sich auch hier noch auszukennen. »Na, was wird denn so ein Mannskerl schon wollen, das sich erwachsen, voll entwickelt und ausgereift fühlt! Nichts als das, was diese Kerle immer und ausschließlich wollen: irgendein Weibsbild aufs Kreuz legen. Möglichst noch dazu eins, bei dem es sich auch lohnt. Und das glaubt Friedrich-Wilhelm annehmen zu können – in diesem Fall.«

»Aber – doch nicht – Barbara!?«

»Warum denn nicht!« Paula gab Töne von sich, die an den Ruf der Nachteule erinnerten; vermutlich versuchte sie zu lachen. »Unser Friedrich-Wilhelm wird da ganz bestimmt alle Register ziehen, um der Medizinertochter beizubringen, daß er hier das strammste Mannsbild von allen ist. Und diesem Bullen könnte es sogar tatsächlich gelingen, das zu beweisen.«

»Doch was – dann?«

»Könnte durchaus sein, daß Friedrich-Wilhelm denkt, damit ist alles gelaufen. Mein Gottchen, so stolz, so stramm und dämlich ist der tatsächlich. Wenn es ihm gelingt, jene von Pankraz zur Schwiegertochter erklärte Person wirksam umzulegen, der also ein Kind zu machen, dann kann er die auch heiraten. Und damit glaubt er doch noch zum eigentlichen Pokorny-Erben zu werden.«

»Aber eben nicht bei Pankraz!« erkannte Lukas Lipski schnell, schwer schnaufend wegen des Schmands.

Paula hingegen fühlte sich noch lange nicht ruhebedürftig; sie spann ihr Garn weiter. »Der ihm liebste Erbe ist nach wie vor Peter-Paul. Doch an den kommt er nicht ran – also tut er so, als sei der für ihn gestorben. Mit anfangs schwerem Herzen hat er sich dann für Emanuel, seinen Jüngsten, entschieden. Und der ist es nun, der ihn beerben soll; ob mit oder ohne Ehefrau, beziehungsweise Schwiegertochter. Da kann sich also Friedrich-Wilhelm abstrampeln, so viel er lustig ist: In den Augen dieses Vaters ist und bleibt er ein Familienarschloch; wenn auch ein äußerst prächtiges.«

»Böses Blut wird es geben; viel böses Blut.«

»Das gibt es jetzt schon!« Paula gluckste befriedigt; nun hatte sie wohl ausgebrütet, worauf es ihr ankam. »Sollte sich Friedrich-Wilhelm tatsächlich das leisten, was ich ihm zutraue, dann wird ihm Pankraz deutlich klarmachen, daß er nichts als Scheiße gebaut hat. Und ihn behandeln wie ein faules Ei.«

»Worauf ein großes Wehgeschrei sein wird.«

»Sicherlich noch weit mehr! Denn sobald der Alte seinen Friedrich-Wilhelm fertiggemacht hat, wird der sich in seiner Ehre – wozu auch seine männlichen Unterleibsgefühle zählen – schwerstens gekränkt fühlen. Und sozusagen Rache begehren und in einem solchen Verlangen kaum noch zu bremsen sein. Dann aber ist er so gut wie zu allem fähig!«

In jenen Tagen suchte der Knabe Karl, das Waisenkind, erneut Peter-Paul Pokorny beim Wildgänsesee auf. Dort wurde er herzlich willkommen geheißen. Die beiden fühlten sich wie alte Freunde.

»Schön, daß du mich schon so bald wieder besuchst, mein Kerlchen. Meine Tiere und ich, wir freuen uns, dich zu sehen.« Peter-Paul umarmte den Jungen und führte ihn zu seiner Hütte. »Wobei ich dir diesmal etwas ganz Besonderes anbieten kann: allererste Walderdbeeren.«

»Ausreichend?« fragte Karlchen.

»Ausreichend für drei«, versicherte ihm Peter-Paul. »Für uns beide also allemal.«

»Das ist gut«, sagte der Junge, »sehr gut sogar.« Worauf er dann, nach einer kleinen Pause, beherzt hinzufügte: »Ich habe da nämlich jemanden mitgebracht, mit dem du dich unterhalten solltest. Eine Person, die auch gerne deine drei Freunde kennenlernen will, von denen ich ihr sehr viel erzählt habe: den Wolf, das Reh und die Ente.«

Peter-Paul witterte unerwünschte Belästigungen. »Du bist voller Überraschungen, mein Kleiner«, stellte er fest, gar nicht sonderlich erfreut. Doch seinen kleinen Freund, den Knaben, wollte er nicht kränken. »Na ja, irgendwie war so was vorauszusehen. Du bist ein reichlich eigenwilliges Wesen.«

»Wie du ja auch, Peter-Paul! Und deshalb verstehen wir uns wohl so gut.«

»Also – wen hast du mitgebracht?«

Karlchen wies zum Waldrand hin. Dort war eine Gestalt eindeutig weiblichen Geschlechts auszumachen. In einem hellblauen Kleid. Zurückhaltend, scheu. »Das ist Elfriede«, erläuterte der Kleine; Mama oder Tante sagte er nicht. »Die solltest du begrüßen!«

Worauf er mit beharrlichem Eifer versuchte, Peter-Paul zu Elfriede Bartosch hinzuschieben – was jedoch keinesfalls notwendig war. Denn der Waldmensch bewegte sich mit mächtigen Schritten auf sie zu. Bei ihr angekommen, streckte er seine rechte Hand aus. Und die wurde von Elfriede unverzüglich, mit spontaner Herzlichkeit ergriffen. »Willkommen!« rief er.

»Ihr erinnert euch aneinander?« fragte Karlchen entzückt.

»Wir kennen uns«, nickte Peter-Paul. »Auch wenn das schon viele Jahre her ist. Damals waren wir fast noch Kinder.« Er betrachtete Elfriede, als sei sie ein hilfesuchendes Tier, das sich zu ihm verirrt hat und nun seiner Pflege bedurfte. »Inzwischen hast du dich ja ganz prächtig entwikkelt, Mädchen!«

»Und ob!« bestätigte das Karlchen freudestrahlend. »Das mußt selbst du zugeben, was?«

»Weißt du, mein Kleiner, was du nun tun kannst – geh in den Stall«, forderte ihn Peter-Paul auf. »Dort wartet das Reh auf dich. Es ist jetzt schwer beschäftigt, weil es nun gleich zwei frisch geborene Tiere seiner eigenen Art zu betreuen hat. Eines davon habe ich total erschöpft aufgefunden, und das andere ist von einer Sense angekratzt worden.«

»Das muß ich mir ansehen!« Karlchen war ungemein munter; dazu glaubte er auch durchaus berechtigt zu sein. »Dann lasse ich euch also allein. Doch wenn ich kommen soll, braucht ihr nur zu rufen.« Und weg war er.

Peter-Paul führte Elfriede zu seiner großen Bank vor der Hütte. Dort ließen sie sich nieder, fühlten sich fast vertraulich vereint. Fast war es, als säßen sie nun abermals mitten auf dem Dorfplatz von Bärenwalde – wie etliche Jahre zuvor.

»Dieser Junge, das Karlchen«, begann Peter-Paul, vorsichtig wie ein Wasserträger mit vollen Eimern, »hat mir erzählt, daß du nicht seine richtige Mutter bist. Stimmt das? Also ist er nicht dein Sohn?«

Elfriede war ein Mensch von schöner Einfachheit, mit sonnenklarem Gesicht und großen, sanft strahlenden, dunklen Augen; ihre Haut war straff und leicht oliv getönt; ihre Bewegungen tänzerisch graziös. Jenes nette, ungeheuer sympathische kleine Mädchen von einst hatte sich inzwischen in eine voll erblühte, bezaubernde Frau verwandelt. Sie zu betrachten, bereitete ihm Freude.

»Und was«, hörte er sie fragen, »wenn Karlchen tatsächlich mein Sohn ist? Du weißt, dein Bruder Emanuel und ich wollen heiraten. Kann dieser Junge denn ein Hinderungsgrund sein, deiner Ansicht nach?«

»Ganz im Gegenteil!« versicherte Peter-Paul mit fast feierlichen Tönen. »Dieser Kleine ist absolut einzigartig. Wer den zu seiner Familie zählt, darf sich glücklich preisen. Kann mir nicht vorstellen, daß Emanuel was gegen ihn einzuwenden hat. Oder doch? Trau ich ihm nicht zu, will ich ihm auch nicht raten!«

»Er und Karlchen verstehen sich recht gut – soweit das bei dem Jungen möglich ist, der sehr schwierig sein kann.« Sie bemerkte, daß Peter-Paul sein Gesicht nußknackerhaft verzog; er schien lautlos fröhlich zu lachen. »Aber was dich betrifft, du hast offenbar nichts gegen diese Hochzeit einzuwenden. Das ist schön. Das halte ich für sehr wichtig. Darüber freue ich mich.«

»Langsam, liebe Elfriede, nur langsam! Denken wir doch mal nach. Was läßt sich möglicherweise gegen eine solche Verbindung vorbringen? Hausfrauliche Qualitäten besitzt du, hat sich herumgesprochen; und das ist schon mal gar nicht wenig. Prächtig gesund bist du auch, das sieht man dir an; gehört schließlich dazu, wenn man eine Ehe eingeht. Aber Geld, also Vermögen, hast du keins! Doch davon haben die Pokornys mehr als genug; Moneten wie Heu! Der Hinderungsgrund jedenfalls kann das nicht sein. Was stimmt denn nicht?«

»Dein Vater weigert sich, er will nicht! Was vermutlich mit meiner Mutter zusammenhängt. Zwischen ihr und Pankraz besteht eine Art Feindschaft, wohl bereits seit vielen Jahren. Die können sich nicht ausstehen. Im Dorf sagen die Leute sogar, die hassen sich wie die Pest, weil dein Vater meiner Mutter vorgeworfen hat, sie ist als Hebamme schuld gewesen am Tod seiner Frau.«

»Das ist bekannt!« rief der Waldmensch mit grimmiger Verachtung aus. »Und das war nicht die einzige Vertreibung aus dem Paradies, die sich dieser Herrgottersatz von Bärenwalde geleistet hat.« Peter-Paul selbst gehörte ja zu diesen Vertriebenen, Geflüchteten. »Aber schließlich ist es nicht Pankraz, der dich heiraten will, sondern mein Bruder Emanuel. Und das will der – ganz entschieden, was? Oder?«

»Ja, er will! Genauso wie ich. Aber euer Vater hat es verboten unter Androhung von ... von wer weiß nicht, was alles! Also was, bitte, sollen wir nun machen? Wer kann Pankraz Pokorny umstimmen, was meinst du?« Sie sah ihn ratlos, hilfesuchend an. »Karlchen meint, du hast da so eine Idee.«

Peter-Paul dachte an Siegfried Seelinger, lehnte sich weit zurück und schloß die Augen, um sie gleich wieder zu öffnen. Denn er vernahm plötzlich ein leichtes Schnaufen von Lupus, seinem Wolfshund. Was der von sich gab, waren Laute des Unwillens; offensichtlich kündigte sich eine abermalige Störung an.

Dann bemerkte Peter-Paul unwillig erstaunt eine menschliche Gestalt. Hier ging es ja neuerdings zu wie in einem Taubenschlag! Der Besucher kam direkt auf ihn zu; und er erkannte seinen Bruder Emanuel.

»Hallo, lieber Peter-Paul!« sagte der Ankömmling, als sei sein Erscheinen das Selbstverständlichste von der Welt. »Rein zufällig komme ich hier vorbei, und da dachte ich mir: Mal sehen, wie es dir so geht.«

»Das schlägt doch dem Faß den Boden aus!« grollte Peter-Paul. »In was bin ich da hineingeraten? Was wagt dieser kleine ausgekochte Fuchs Karlchen denn noch alles zu veranstalten – mit mir! Schickt hordenweise Leute hierher, stört meine Ruhe. Der ist ja geradezu ein Monstrum an Einfällen!«

»Er meint es doch nur gut«, verteidigte Elfriede ihn liebevoll.

Auch Emanuel glaubte den Kleinen in Schutz nehmen zu müssen. »Offenbar ist er hier der einzige weit und breit, der noch einigermaßen normal reagiert – in diesem Treiben menschlicher Sumpfblüten.«

»Ach was! Der Bengel ist fast schon so was wie ein ausgewachsener Satansbraten«, brummte der Waldmensch;

wobei jedoch eine verständnisvolle Fröhlichkeit in seinen dunklen Bärentönen nicht zu verkennen war. »Den werde ich mir mal kaufen! Zunächst allerdings habe ich ihm eine große Portion frischer Walderdbeeren angekündigt; ein Versprechen, das ich wohl halten muß. Die Früchte habe ich schon gesammelt – sie reichen gerade so für drei Personen aus, aber jetzt sind wir vier. Also muß noch eine weitere Portion beschafft werden.«

Er gab vor, die staunende Verwunderung seiner Besucher überhaupt nicht zu bemerken. »Dann darf ich dich also bitten, Elfriede, mach ein für die Erdbeeren geeignetes Gefäß ausfindig – in meiner Hütte zum Beispiel steht ein kleiner Korb. Inzwischen werde ich Emanuel erklären, wo ihr gemeinsam suchen könnt.«

Elfriede nickte ihm dankbar zu und ging davon. Emanuel sah ihr mit einem zärtlichen Lächeln nach. »Ist sie nicht ein wunderbarer Mensch?« Um unverzüglich hinzuzufügen: »Und du bist ein großartiger Bruder!«

Peter-Paul winkte ab. Doch dann neigte er sich zu seinem jüngeren Bruder, um ihm mit rauh flüsternder Vertraulichkeit eine wichtige Frage zu stellen: »Hast du denn eigentlich schon mal mit ihr . . .? – Mensch, schau mich nicht so kalbsblöd an! Du weißt doch ganz genau, was ich meine. Also – ja oder nein?«

»Was denkst du denn von mir? Was traust du mir zu? Ich . . . ich liebe Elfriede!«

»Eben deshalb, Bruderherz, hättest du das längst tun sollen. Worauf willst du noch warten? Schließlich ist dergleichen allerbeste Pokorny-Tradition. Muß ich dich erst daran erinnern, was unser selbstherrlicher Alter veranstaltet hat, um Amalie ihrer adeligen Clique zu entreißen? Er hat ihr einfach ein Kind gemacht und damit vollendete Tatsachen geschaffen. Warum, lieber Bruder, machst du das nicht auch?«

»Pfui!« rief Emanuel mit lodernder Empörung. »Du hast keine Ahnung, was reine Liebe ist!«

»Und du verkennst offenbar die Notwendigkeit, eine

günstige Gelegenheit beim Schopf zu fassen. Ich biete dir hiermit eine solche Gelegenheit von etwa einer Stunde Dauer. Das dürfte meiner Ansicht nach ausreichen, um mehr zu tun als nur eine Portion Erdbeeren zu pflücken.«

Emanuel schüttelte leicht den Kopf. »Mute mir das nicht zu, Peter-Paul«, erklärte er mit feierlichem Ernst. »So bin ich nicht veranlagt. Ich bin anders als Vater – in dieser Hinsicht auf jeden Fall.«

Peter-Paul sah Elfriede mit Emanuel dem nahen Wald entgegenschreiten, nicht ohne zuvor dem guten, lieben Mädchen ermunternd zugelächelt zu haben. Sie wenigstens schien zu verstehen. Bei Emanuel, diesem hochanständigen Toren von Bruder, diesem ehrenwert besorgten Trottel, würde es die prachtvolle Elfriede wahrlich nicht leicht haben. Er lachte rauh auf, nachdem die beiden verschwunden waren, und ging in den Stall. Dort lag Karlchen bei dem Reh, das zwei Jungtiere zu betreuen hatte. Peter-Paul kniete nieder und legte sich mit seinem schweren bärenhaften Körper neben sie. Fast schien es, als gedenke er ein Nickerchen zu machen.

Sein kleiner Freund rief fröhlich: »Hier läuft alles richtig prima! Das eine kleine Reh ist schon wieder ziemlich munter, und das verletzte Bein des anderen hast du gut, sogar sehr gut geschient. Woher kannst du so was, Peter-Paul?«

»Es hat sich so ergeben«, antwortete der bedächtig. »Das läßt sich lernen im Laufe der Jahre. Tiere können sehr geduldig sein; sie bekommen Vertrauen zu einem Menschen, sobald sie spüren, daß man es gut mit ihnen meint. Anders ist es bei den Viechern der sogenannten höheren Gattung. Die sind überzüchtet und weit komplizierter, um nicht zu sagen: Die reagieren ungleich dümmer, als seien sie ihrer natürlichen Instinkte beraubt. Ich spreche von den Menschen, mein Kleiner.«

»Das ist mir keineswegs entgangen, mein Großer. Du bist wohl verdammt sauer auf mich, weil ich dir das alles zugemutet habe – gleich drei Menschen auf einmal. Aber ich hab mir eben gedacht: Wenn hier überhaupt noch einer helfen kann irgendwie, dann du! So, Peter-Paul, jetzt darfst du mich beschimpfen, wenn es dich erleichtert. Das nehme ich hin.«

Peter-Paul wälzte sich über das dick verstreute Stroh dem Knaben entgegen und kam ihm so nahe, daß Karlchen seinen Atem verspürte. Er war davon überhaupt nicht angewidert; dieser Waldmensch roch keineswegs schlecht – es war ein Duft, als habe der soeben einen Bienenstock geplündert.

»Du bist schon in Ordnung, mein Karlchen«, brummte er. »Du kannst so bleiben – von mir aus.«

»Meinst du wirklich – das darf ich?« Der Junge war maßlos erleichtert. Er hatte schwere Vorwürfe auf sich zukommen sehen; ganze Feldsteinladungen, die Peter-Paul über ihn auskippen würde. Doch nichts dergleichen! Der war in der Tat sein Freund. Ein echter Freund; einen solchen hatte er sich immer gewünscht – voller Verlangen nach väterlicher Liebe. So ungefähr mußte sich eine Maus fühlen, die ein Adler mit seinen Schwingen zu schützen trachtet.

»Diese Hochzeit«, sagte Peter-Paul jetzt mit bedächtiger Fürsorge, »wird eine verdammt mühsame Geburt werden.«

»Geburten sollten bei uns in Bärenwalde kaum Schwierigkeiten bereiten«, meinte Karlchen; er war nun wieder eifrig für seine selbstgewählte Mission tätig. »Das hab ich von meiner lieben Oma gehört, die ja als Hebamme so was wissen muß. Besonders wichtig sind dabei gründliche Vorbereitungen – für Oma, wie sie mal gesagt hat, die besten Geburtshelfer. Das müssen wir berücksichtigen.«

Peter-Paul wiegte bedenklich den Kopf. »Alles schön und gut. Das große Hindernis bleibt nach wie vor unser Vater. Den umzustimmen . . . wie soll das gelingen? Selbst

Siegfried, den ich schon mal so nebenbei darauf angesprochen habe, scheint zurückzuschrecken. Auch der meint vermutlich: Wenn sich der Alte mal was in seinen dicken Schädel hineingeredet hat, dann bleibt das auch dort.«

Da hatte Karlchen einen Einfall, der zunächst reichlich kurios erschien, sich dann jedoch als überaus verwertbar entpuppen sollte. Das hing damit zusammen, daß der Knabe gelernt hatte, mit Tieren umzugehen, sie zu verstehen. Es war sogar, als vermöge er einfühlsam mit ihnen zu reden; wobei er die Erfahrung gemacht hatte, daß sie aufmerksamer zuhörten als Menschen.

»Du hast doch«, fragte er Peter-Paul, »inzwischen diesen Muckel erlebt, den Hund deines Vaters. Was hältst du von dem kleinen Kerl?«

»Eine ganze Menge«, antwortete Peter-Paul bereitwillig. »Ich werde es wohl niemals vergessen, wie er neben dem für tot gehaltenen Alten lag – ganz ruhig, völlig gelassen. Und dann blinzelte der mich sogar an wie einen Kumpel! Und so als wollte er mir zuflüstern: Die Menschen irren sich – mein Freund lebt –, das werden die schon noch merken. Ein absolut unwahrscheinliches Wesen ist dieser Muckel.«

»Du sagst es, Peter-Paul!« rief der Knabe freudig zustimmend. »Ich bin völlig deiner Meinung. Doch nun stell dir mal vor, der kleine Hund könnte sprechen wie ein Mensch – was hätte er dann alles zu erzählen! Und vielleicht würde Pankraz auf ihn hören und die Dinge plötzlich ganz anders sehen, als er es jetzt tut. Auf einmal wären alle Probleme gelöst, die uns bedrücken.«

»Das ist aber leider nicht möglich«, stellte der Waldmensch mit Bedauern fest. »Auf einen Hund einreden kann jeder – mit ihm reden niemand.«

»Möglich, daß ich es dennoch könnte«, meinte Karlchen versonnen. »Denn mit Muckelchen verstehe ich mich recht gut sogar. Gar nicht ausgeschlossen, daß er mir zuhört.«

»Laß so was lieber, mein Junge.« Das war eine freundliche Ermahnung. »Man soll die Tiere niemals überfordern. In einem Punkt allerdings hast du wohl recht: Es muß jetzt dringend jemand ins Spiel gebracht werden, auf den Pankraz Pokorny eventuell noch hört. Jemand, den er für wichtig hält, der Einfluß hat. Also – Siegfried Seelinger.«

»Der aber nicht will.«

»Nun muß er wohl! Ich werde mein möglichstes versuchen. Denn ich habe das Gefühl, uns bleibt jetzt nicht mehr allzuviel Zeit. Die Dummheit scheint hier noch weit schneller zu wachsen als das Unkraut – und das will bei uns was heißen.«

An diesem Abend, die Sonne war bereits gesunken, suchte Friedrich-Wilhelm, der zweite der Pokorny-Söhne, und seiner eigenen Ansicht nach der beste, das Haus des Arztes Dr. Breisgauer auf; gelegen in der Dorfmitte von Bärenwalde. Er war bemüht, ganz als würdiger Förster – mit der Aussicht, alsbald Oberförster zu werden – in Erscheinung zu treten. Frisch gewaschen und rasiert, die blonden Haare straff zurückgekämmt, hatte er sein bestes Jägergewand angelegt; sich also uniformiert.

Nachdem er dezent angeklopft hatte, öffnete Barbara Breisgauer die Tür des Hauses – einladend weit. Der Lichtschein, der von dort auf ihn fiel, reichte aus, ihn in seiner ganzen Prächtigkeit erkennbar werden zu lassen. Was Barbara mit anerkennenden Blicken registrierte – kein männliches Wesen sonst, jedenfalls nicht in dieser Gegend, wollte ihr derart strahlend erscheinen.

Friedrich-Wilhelm gab sich zurückhaltend männlich, fast ritterlich, und ließ zunächst einige wohltönende Phrasen vom Stapel. Wie: »Hoffe, das gnädige Fräulein nicht zu belästigen.« Oder – nachdem ihm versichert worden war, das tue er keineswegs: »Erlaube mir, einen freundschaftlichen Besuch abzustatten, sozusagen im Interesse unserer Familien.«

»Ich würde Sie sehr gern hereinbitten, Herr Pokorny«, sagte sie mit höflichem Bedauern, »aber ich möchte meinen Vater nicht stören; er arbeitet.« In seiner Eigenschaft als Dichter vermutlich.

»Es liegt mir wahrlich fern, Ihren verehrten Herrn Vater in irgendeiner Weise zu inkommodieren . . .« – Mann, war das gekonnt! – ». . . aber vielleicht dürfte ich mir erlauben, dem verehrten gnädigen Fräulein einen Spaziergang vorzuschlagen?«

Das wurde ihm erlaubt, sogar ohne sonderliches Zögern, geradezu entgegenkommend. Also schritten sie alsbald dahin, vertraulich Seite an Seite; vorbei am Dorfteich, an der Kirche, in Richtung der nahen Weidewiesen, welche in diesen Nächten betörend dufteten – wie nach Zeugungskraft und Verwesung zugleich.

Dies alles geschah, während Dr. Breisgauer – eben nicht nur Arzt, vielmehr auch sehnsuchtsvoller Poet mit tiefempfundenen Heimatgefühlen – etliche weitere seiner erhabenen, zumindest ihn erhebenden Verse ausbrütete. Wobei er sich beim Anblick von so was Gelungenem gleichermaßen gefühlvoll und geistreich vorkam:

Dort, wo der Bach vorbei an Silberbirken rauschte,
Vergißmeinnicht beim schmalen Wege stand,
den Vögeln still gebannt ich lauschte,
da sah ich deine Augen, hielt ich deine Hand.

Doch in jener Nacht passierte ungleich mehr: Ganz fatale, höchst eindeutige Dinge – und das innerhalb von kaum mehr als einer Stunde. Dafür wurde dann später dringend ein Verantwortlicher, ein Schuldiger gebraucht und auch gefunden: Dr. Breisgauer. Denn der gute Doktor hatte, was sich leider nachweisen ließ, seinem Töchterchen zwar durchaus väterliche Zuneigung zukommen lassen, sie aber nicht verantwortungsbewußt genug betreut – also es versäumt, die ihm Anvertraute in der rechten Weise aufzuklären. Nun ja, er hatte Barbara wohl zugeflüstert, daß sie der mächtige Pokorny als seine Schwiegertochter zu sehen wünschte. Jedoch welcher dieser Pokorny-Söhne als ihr Ehemann vorgesehen war – es gab derer immerhin drei –, das hatte der wohl aufgeregte Doktor seiner Tochter nicht klargemacht. Die genauen Beweggründe für eine derartige Unterlassungssünde vermochten niemals völlig ausgelotet zu werden. Wie oder was dem auch immer gewesen sein mag: Nicht ganz schuldlos an dem schön-peinlichen Vorfall dürften auch die ostpreußischen Sommernächte gewesen sein. Denn in denen kochten die glutheißen Tage nach, ließen das Blut unruhig werden und nötigten die Menschen geradezu unbarmherzig, sich zunächst der schweren Kleidungsstücke zu entledigen, um denen dann die leichteren hinterherzuwerfen. Rein statistisch betrachtet, sah so was hierzulande ganz einfach so aus: Der größte Teil der in Bärenwalde ansässigen Menschen war im Hochsommer gezeugt und dann im nächsten späten Frühjahr geboren worden. Was den unschätzbaren Vorteil hatte, daß weder die Aussaaten noch die Ernten unnötig behindert wurden.

Um aber wieder auf jene bewußte Nacht zurückzukommen, die gerade erst begonnen hatte: Mitten im Dorf waren plötzlich höchst alarmierende Laute zu hören. Anhaltendes Keuchen, heftig vermischt mit Geräuschen schweratmender Abwehr und eines dringlichen, innigen Verlangens. Und das auch noch dicht bei der Kirche, fast schon auf den Stufen des Pfarrhauses.

Weil schließlich auch noch unüberhörbare Wonneschreie ertönten, eilte der Geistliche – angeblich bei seinem allabendlichen Bibelstudium gestört – erregt herbei, um alsbald mit empörter Predigerstimme auszurufen: »Pfui, pfui – so was macht man doch nicht! Nicht in aller Öffentlichkeit, und schon gar nicht ausgerechnet hier!«

Erst nach diesem heftigen Ausbruch seines seelsorgerischen Entsetzens erkannte er den Pokorny-Sohn Friedrich-Wilhelm; während die dazugehörige weibliche Gestalt ihr gewiß glühendes Gesicht an dessen Brust verbarg.

Da er aber alle seine Schäfchen kannte, seine Herde war klein, wußte er, wen er da vor sich hatte, oder eben Friedrich-Wilhelm unter sich hatte. Kopfschüttelnd wich der bestürzte Gottesmann zurück.

»Nun ja, nun ja, das Fleisch ist schwach!« Offenbar war er überraschend zu der Erkenntnis gelangt, daß es dringend geboten schien, in diesem besonderen Fall verständnisvolle Großzügigkeit walten zu lassen. »Aber gut – oder eben nicht gut –, ich jedenfalls habe nichts gehört und gesehen.«

»Haben Sie aber, Herr Pfarrer! Und von mir aus können Sie das auch.« Friedrich-Wilhelm richtete sich ein wenig auf, ohne sein wonniges Werk völlig zu unterbrechen. »Denn ich habe nichts dagegen, wenn Sie meinem Vater von dieser Ihrer Beobachtung erzählen. Der hält sich zur Zeit im Gasthaus auf, dort bei seiner Dulcinea, dieser Isolde. Und für Ihren Bericht wird er Ihnen gewiß dankbar sein, und auf so was legen Sie doch stets Wert, Hochwürden. Also – nur zu, nur zu!«

Dies war eine gute Gelegenheit, noch dazu eine, die ihm so deutlich angeboten wurde, dem Pankraz Pokorny eine höchst vertrauliche Information zukommen zu lassen; eine, die sich lohnen konnte. Der Großbauer, der sich hier nichts entgehen lassen wollte, würde sich bestimmt zu einer guten, dankbaren Tat verpflichtet fühlen. Und der Pfarrer hatte schon lange von einer neuen, eichernen Kirchentür geträumt, kunstvoll beschlagen mit kupfernen Figuren aus dem Neuen Testament.

Also eilte Hochwürden Bachus höchst mitteilungsbereit in das Gasthaus »Zur guten Einkehr«, wo er auch tatsächlich Pankraz Pokorny antraf. Der saß gemeinsam mit Isolde Breitner an dem ausschließlich für ihn reservierten Ecktisch. Die beiden schienen sich einander zärtlich zuzuneigen; was jedoch eine Vermutung war, die nicht zutraf. In Wahrheit beschäftigten sie sich mit einem von Pokornys Lieblingsprojekten: der Errichtung einer örtlichen Brauerei.

Bärenwalder Bier! Extra stark.

»Darf ich mal kurz stören?« fragte der Geistliche mit einem sozusagen seelsorgerischen Augenzwinkern. »Nur auf ein Wort, Herr Pokorny – aber ein vertrauliches und wichtiges.«

Pankraz winkte Gewährung; Bachus durfte sich zu ihm setzen und erhielt zunächst einmal ein großes Bier. »Also, Hochwürden, vor unserer Frau Breitner brauchst du dich nicht zu genieren; die erfährt sowieso, was sie erfahren will. Und nun laß mal kurz und kräftig los, was du auf der Seele hast.«

Das tat der Pfarrer dann auch. Sogar in der ausdrücklich von ihm verlangten Kürze. Und wenn er dabei auch ziemlich heftig zu schwanken schien zwischen geistlicher Empörung und menschlichem Verständnis, so ließ er doch nichts Wesentliches aus. Und bei alldem bemühte er sich, einigermaßen sachlich und zurückhaltend zu bleiben. Bei einer solchen brisanten Situation war es auch gar nicht erforderlich, das Erlebnis in grellbunten Glitzerfarben auszumalen. Seinen Bericht jedenfalls beendete er mit den Worten: »Na, was soll man dazu sagen?!« Womit er es also wieder einmal geschafft hatte, diesen Pokorny weder mit »Sie« noch »Du« anzureden.

»Na, was denn wohl?« Pankraz schien abgeklärt zu lächeln, dabei blickte er Isolde an.

Die aber meinte ganz lässig: »So was soll schon mal vorkommen, Herr Pfarrer. Aber eigentlich hat Sie das doch erst dann zu interessieren, wenn sich dadurch etwas für die Kirche ergibt. Etwa eine Hochzeit oder eine Taufe. In dieser Reihenfolge vermutlich – wäre es Ihnen recht.«

»Verehrte Frau Breitner!« entgegnete Bachus im Brustton kirchenväterlicher Überzeugung. »Mein Verantwortungsgefühl reicht noch wesentlich weiter. Zumal dann, wenn derartige Vorgänge unseren allseits hochgeachteten Herrn Pokorny betreffen, zumindest mitbetreffen. So was sollte der wissen, und er wird auch sicher meine Beweggründe verstehen.«

»Nun gut«, Pokorny war offensichtlich bemüht, sich nicht allzu berührt von diesen Vorgängen zu zeigen, er wirkte weit mehr grimmig amüsiert als ernsthaft erzürnt. »Somit habe ich also zur Kenntnis zu nehmen, daß mein Friedrich-Wilhelm mit irgendeinem Mädchen herumgegammelt hat. Das wahrlich ohne deinen Segen, Gottesmann – allerdings auch ohne den meinen. Wie immer man das betrachten mag: Es ist nun mal geschehen, läßt sich nicht mehr rückgängig machen – muß demnach als erledigt angesehen werden.«

»Aber – die Folgen! Die möglichen Konsequenzen!«

»In dieser Hinsicht traue ich Friedrich-Wilhelm durchaus einiges an Vorsicht zu. Oder diesmal eben nicht. Falls es jedoch sogenannte Folgen geben sollte, dann sehen die eben so aus: Die haben einen Bastard in die Welt gesetzt! Was für mich nicht weiter schlimm ist, den nehme ich auf meinen Hof. Kräftige Kinder, aus denen tüchtige Männer und Frauen werden, kann es nicht genug geben.«

»Da dürfte aber der Sohn mächtig staunen, wenn er so etwas hört.«

»Das kannst du dem getrost sagen, Pfarrer – und zwar genauso, wie ich dir das soeben erklärt habe. Mit den gleichen Worten. Also los, zögere nicht länger, mach dir dieses Vergnügen!«

Bachus eilte davon. Auf den seinem Pfarrhaus vorgelagerten Stufen, nur wenige Meter vom Gasthof entfernt, hielt sich noch immer dieses schamlos entblößte Paar auf; nahezu genauso wie vorhin, also noch in voller Aktion.

»Ihr könnt so weitermachen, hat Pankraz Pokorny gesagt«, rief er den beiden zu. »Ihm, hat er auch noch gesagt, ist es auch gleichgültig, ob ihr einen Bastard in die Welt setzt. Jawohl, aber verschwindet gefälligst, wenn ich darum bitten darf, aus dem Bereich der Kirche und des Pfarrhauses. Einen Rest von Schamgefühl darf ich doch wohl erwarten!«

Während sich Bachus schleunigst in seine Behausung zurückzog, zeigte sich Friedrich-Wilhelm ehrlich empört.

Dieser senile Greis von seinem Vater, dachte er wütend, wird ja immer schlimmer. Der scheut nicht einmal davor zurück, mich - mich - bloßzustellen. Der Lächerlichkeit preiszugeben! Das wird der noch bereuen!

Was Barbara dachte, die neben ihm lag; welche Gefühle und Träume sie hatte, vielleicht zu entwickeln versuchte, danach fragte er nicht.

Für einen der nächsten Abende kam auf Pankraz Pokorny eine Einladung zu. Siegfried Seelinger forderte ihn auf, zu einem »kleinen Festmahl« auf den sogenannten Judenhof zu kommen.

Eine Einladung, welche durchaus konziliant gehalten war, die aber dennoch eine ganz direkte Aufforderung darstellte, der sich Pankraz weder entziehen konnte noch wollte. Schließlich besaß Siegfried auch als Gastgeber ähnlich grandiose Qualitäten wie er. Selbst in dieser Hinsicht also waren sie scharfe Konkurrenten.

Der Seelinger-Besitz, gelegen südlich von Bärenwalde, in der Nähe des Wildgänsesees, war von nahezu magischer Anziehungskraft. Ungemein gepflegt, also in so gut wie allen Einzelheiten bestimmt, wenn nicht geprägt von einer vorbildlichen ostpreußischen Ordnung und Sauberkeit. Dort konnte man - und das in zwei Stockwerken - sozusagen »vom Fußboden essen«. In diesem Hause existierte sogar eine Bibliothek; in einem großflächigen Raum, der nahezu das gesamte Obergeschoß einnahm, mit Regalen voller Bücher an den Wänden. Bücher, welche sogar gelesen wurden.

In dieser Bibliothek fand das Festmahl statt, das sogenannte »kleine«. Welchem Umstand diese Einladung zu verdanken war, das blieb zunächst offen. Seelinger behauptete lediglich: »Mein Verlangen, Pankraz, mich mit dir zu unterhalten, ist in den letzten Tagen immer stärker geworden.«

Dieser Unterhaltung voraus ging ein würdiger Empfang. Pankraz war, das Muckelchen neben sich, zweispännig vorgefahren. Einer der Pferdepfleger des Seelinger, ein ungemein kenntnisreicher Mann, stand zur Betreuung der Tiere bereit. Und die Haushälterin von Siegfried, Olga Jablonski, hieß den Gast herzlich willkommen – was für Pokorny nicht nur eine große Ehre war, sondern auch eine reine Freude.

Denn dieser Olga, einer Polin, durfte höchste Attraktivität bescheinigt werden. Sie war wie eine lockende Mischung aus Madonna und Baronin und besaß zudem noch ein überaus liebenswürdiges Wesen, das sie sowohl Pokorny als auch Muckel gegenüber zeigte. Offenbar wußte sie ziemlich genau um die seltsam enge Bindung zwischen Pankraz und Siegfried, diesen im Grunde völlig verschiedenartigen Menschen, die sich Freunde nannten, das wohl auch waren und sich dennoch freudig belauerten.

Siegfried ähnelte in seiner ganzen Art, glaubte Pankraz schon früh erkannt zu haben, einem Silberfuchs, diesem gewiß schönsten und zugleich klügsten und scheuesten Wesen der Gattung. Er hatte sich ein ureigenes, für ihn allein passendes und wohl auch angemessenes Dasein geschaffen. Seine Pferdezucht, auf die er sich immer noch konzentrierte, war kaum noch zu übertreffen, und neuerdings sogar mit denen in Trakehnen schon in jeder Hinsicht zu vergleichen.

Eine seiner Besonderheiten war, daß ihn keine Knechte, Handlanger oder Angestellte umgaben; vielmehr bezeichnete er seine Helfer in beharrlicher Konsequenz stets als »Mitarbeiter«. Dazu gehörte eine Anzahl tüchtiger, geschickter und vielseitiger, von ihm ausgesuchter und eingeschleuster Polen: Tierkenner, Saatbegutachter, Handlungsreisende. Und nicht zuletzt war diese Olga Jablonski vor etwa zwei Jahrzehnten hier aufgetaucht; eine inzwischen geradezu verschwenderisch voll erblühte, nahezu glühende Schönheit. Die führte ihm den Haushalt und betreute sein Büro. Inwieweit sie auch Siegfried persönlich betreute, das war niemals so richtig zu ergründen, nicht einmal von Pankraz.

Jetzt jedenfalls widmete sich Olga den beiden Freunden, die an einem großen Tisch in der Bibliothek einander gegenübersaßen. Rechts von Pokorny hatte sich sein Mukkeltier niedergelassen; eine Plazierung, die für ganz selbstverständlich gehalten wurde, zumal der kleine Hund mit Erfolg stets darum bemüht war, einen möglichst gesitteten Eindruck zu machen. Er hatte als das behandelt zu werden, was er war: Begleiter, Weggefährte, Vertrauter – eines hochgeschätzten Gastes.

Bevor noch irgendwelche Probleme erörtert werden konnten, wurde zuallererst einmal, was in diesem gastfreundlichen Land geradezu heilig war, mit anhaltender Hingabe gespeist. Nach diversen kleineren Vorgerichten – gebackene Fische für Pankraz, frische Leber für Muckel, mit Pilzen verrührte Eier für Siegfried – trug Frau Olga höchstpersönlich ihre von ihr zubereiteten Hauptspeisen auf: geschmorte Moorente für den Gast und seinen Hund, mit Tilsiter Käse überzogene Schmandkartoffeln für den Hausherrn.

Seelingers Privileg, nichts Fleischernes zu essen, wurde ihm gern vergönnt, zumal das nicht im geringsten störend wirkte. Denn auch in dieser Hinsicht bot die ostpreußische Speisekarte verschwenderische Möglichkeiten; ungeachtet angeblicher Kargheit enthielt sie vielfältige natürlich-nahrhafte Gerichte in den kernigsten Variationen.

Zum Essen tranken die Freunde Elbinger Bier aus großen und Bärenfang aus etwas kleineren Gläsern, beides sorgsam temperiert. Muckel erhielt handwarmes Mineralwasser ohne Kohlensäure. Wobei seine Schale ebenso wie der Teller für seine Speisen aus dickem Ton schwungvoll geformt, mit einem groß gepinselten »M« geschmückt waren. Beide Gefäße sollte er dann später als Gastgeschenk erhalten.

Seelinger und Pokorny redeten zunächst ausführlich über das Wetter und die Ernte sowie von jenen glücklosen politischen Traumtänzern im glücklicherweise sehr fernen Berlin. Anschließend sprachen sie vom Gott des einen und von dem des anderen. Diese besaßen eigentlich nur verschiedene Namen, ansonsten jedoch war große Übereinstimmung festzustellen; in Besonderheit wohl, was entscheidende, beharrliche, massive Forderungen betraf.

Also gab es vorerst, wie sich das auch bei einem vorzüglichen ostpreußischen Mahl selbstverständlich so gehörte, keine irgendwie störenden Komplikationen und Probleme. Schon gar nicht etwa persönliche. Vor dem Kaffee und dem Cognac war das tabu; grundsätzlich.

Diesmal indessen schien Siegfried Seelinger ausnahmsweise bereits bei der Nachspeise – ofenwarmer Quarkkuchen mit Honig und Rosinen, dick geschlagene Sahne dazu – das ihm Wesentliche anzusprechen. Natürlich nicht gleich direkt, vielmehr wohlbedacht, mit einigen kleineren Umwegen. Jedenfalls stellte er mit einem leichten Unterton der Besorgnis fest:

»Mein lieber Freund! Erlaube mir, dir zu sagen, ich habe den Eindruck, du übernimmst dich neuerdings. Vermutlich ißt und trinkst du zuviel. Du leidest gelegentlich unter Atembeschwerden, dein Gesicht läuft rot an, und dann klingt deine Stimme mühsam hervorgepreßt. Du bist eben nicht mehr der Jüngste, Pankraz – genau wie ich! Womit ich sagen will: Wir beide haben da nun wohl ein Alter erreicht, in dem es angebracht ist, bewußter zu leben – und zwar nicht nur ein wenig, sondern ganz intensiv.«

»Mann! Was sind denn das für Töne?!« Pokorny polterte genußvoll los, noch weit mehr belustigt als unwillig. Worauf auch sein Muckeltier den Gastgeber leicht tadelnd anblickte. »Komm mir doch nicht damit, und schon gar nicht ausgerechnet beim Essen! Weißt du überhaupt, was du damit anrichtest?«

»Entschuldige! Deinen erfreulich gesegneten Appetit wollte ich dir keineswegs verderben.«

»Das kannst du auch gar nicht. Das kann keiner! Doch immerhin solltest du dir stets vor Augen halten: Unschöne Redensarten bei Tisch sind alles andere als guter ostpreußischer Brauch. Hierbei hat es in erster Linie darum zu gehen, daß Speis und Trank gewürdigt werden – und was heute, nicht nur heute bei dir geboten wird, bester Siegfried, das verdient höchstes Lob! Deine auch von mir hochverehrte Olga kann meisterhaft kochen; irgendwie ein Wunder, daß sie solche Fähigkeiten nicht einmal bei dir verlernt hat. Dann aber ist übrigens noch ein weiteres Lob fällig: Dein Bärenfang ist wirklich und wahrhaftig der allerbeste, der hierzulande jemals in einen Christenmenschen hineingeflossen ist. Und davon verstehe ich einiges.«

»Da stimme ich dir zu. Das hast du absolut richtig erkannt. Dieser Bärenfang ist tatsächlich von einzigartiger, unvergleichlicher Qualität.« Seelinger machte eine kleine Pause, wobei er sich wohl insgeheim darüber freute, daß Pankraz nun genau dort gelandet war, wo er ihn hinhaben wollte. Sehr sanft, doch treffsicher fügte er hinzu: »Dieses Getränk, ein gewiß sehr köstliches, hat nämlich Peter-Paul fabriziert, dein lieber Sohn. Der auch meinem Herzen sehr nahesteht.«

Muckelchen richtete sich unwillig auf, als sei er bei Verdauungsstörungen gestört worden, und Pankraz glaubte wohl, sich beherrschen zu müssen. Nahezu bedachtsam, auch scheinbar überlegen – einem Adler vergleichbar, der auf sein Nest einschwebt – meinte er: »Nun ja, nun ja! Unbegabt kann man ihn wahrlich nicht nennen – diesen störrischen Sohn. Wie kommst du denn mit ihm aus? Fühlt er sich bei dir wohl?«

Siegfried Seelinger nickte. Offenbar wußte er, daß er jetzt noch weit vorsichtiger zu sein hatte als ein Esel, der hauchdünnes Eis betritt. »Wie dir bekannt ist, lebt dein Peter-Paul bereits seit zehn Jahren in meiner unmittelbaren Nähe. Damals wollte er eigentlich auswandern, und zwar gleich bis nach Amerika. Doch dann blieb er hier mit meiner Hilfe – die ich ihm doch wohl kaum versagen konnte.«

Das war ein Thema, über das Pokorny und Seelinger bisher noch niemals gesprochen hatten; jetzt aber schien es dringend geboten. »Was ich da soeben gesagt habe, war Unsinn«, korrigierte sich Siegfried. »Bei Peter-Paul habe ich mich eigentlich niemals als eine Art Helfer gefühlt. Der ist zu mir gekommen – fast möchte ich sagen: auf mich gekommen. Wie ein Geschenk des Himmels. Welchem Gott ich das allerdings zu verdanken habe, ahne ich immer noch nicht, will das wohl auch gar nicht wissen.«

»Verstehe«, sagte Pokorny schwer – da sann wohl ein Bär über einen Bären nach. Er griff nach dem Glas, in dem sich das wahrhaft köstliche Gebräu seines Sohnes befand; sehr zögernd, als könnte er sich daran die Pfoten verbrennen. Er trank es dennoch leer. »Ich glaube, das habe ich schon immer nachempfinden können, Siegfried – deine Zuneigung zu ihm. Nicht nur, weil du sein Pate bist. Auch sonst paßt ihr beide recht gut zusammen – ihr schönen Spinner! Eine Erkenntnis jedoch, die uns gar nicht leichtgefallen ist.«

»Das weiß ich, Pankraz. Doch eben deshalb muß ich dir nun wohl mitteilen, worüber ich in bezug auf deinen – auf unseren Peter-Paul schon sehr lange und beharrlich nachgedacht habe. Ich lebe hier allein, habe keine Kinder, will auch keine haben; darf das gar nicht wollen.« Womit er wohl abermals sein ewiges Trauma ansprach: seine jüdische Abstammung. »Woraus sich ergibt: Offiziell existiert hier niemand, der mich einmal beerben kann.«

»Dafür aber, wenn ich dich richtig verstehe, könnte mein Sohn Peter-Paul in Frage kommen – das hast du dir vorgestellt?«

»Ja, das habe ich. Bisher jedenfalls.«

»Was heißt denn das: bisher jedenfalls?« Hellhörig geworden, bohrte Pokorny nach. Irgendwie flimmerte es vor seinen Augen; ganze Lichterkränze drohten aufzuflammen, ohne ihm Erleuchtung zu bringen. »Soll das heißen: Jetzt nicht mehr?«

»Das könnte es in etwa heißen«, bestätigte Seelinger.

Dabei beobachtete er Pokorny genau, um die Wirkung seiner Worte verfolgen zu können. Schließlich ging es diesmal nicht bloß um einen Zuchtstier, sondern um ungleich mehr, um zwei große, wertvolle, prächtige Anwesen. Und diese – miteinander vereinigt – würden dann weit gewichtiger sein als das gesamte restliche Gebiet um Bärenwalde; einschließlich des Besitzes vom Baron. Und so was möglicherweise unter dem Namen Pokorny – nicht auszudenken!

»Leider, mein lieber Pankraz, sieht es ja nun so aus, daß dein jüngster Sohn Emanuel von dir gar nicht mehr als dein Erbe betrachtet wird. Nicht dann, wenn er darauf besteht, Elfriede Bartosch zu heiraten. Richtig so?«

»Halte dich da heraus!« polterte Pokorny los. Er explodierte förmlich, womit er bewies, daß Seelinger seinen wundesten Punkt genau getroffen hatte. Wie sollte er jetzt noch ausweichen? Was wollte dieser Jude von ihm? »Das hat dich nichts anzugehen!«

»O doch, Pankraz! Das geht mich durchaus einiges an. Denn inzwischen sind deine Angelegenheiten unvermeidlich auch zu den meinen geworden. Doch ich bin bereit, dir ein bedeutendes Stück entgegenzukommen, um diese total verfahrene Situation zu klären – im guten Sinn. Ich würde nicht einmal mehr zögern, dir auch deinen größten Wunsch zu erfüllen, also auf Peter-Paul einzureden.«

»Willst du mich belustigen – mit Gewalt?«

»Schau mich nicht so vorwurfsvoll zweifelnd an, Pankraz. Wenn du willst, rede ich mit deinem Ältesten, ganz ernsthaft, versuche ihn also zu beeinflussen, damit er wieder zu dir zurückkehrt. Was wahrlich nicht einfach sein wird – aber das tue ich für dich. Falls du einverstanden bist.«

In diesem Augenblick kam sich Pokorny so festgenagelt vor; gleichsam wie ein Bär, der sich bei einer vielversprechenden Honigsuche eine seiner Tatzen zwischen zwei Ästen eingeklemmt hat. »Mensch, mit welchen heiklen

Hintergedanken gehst du diesmal schwanger? Was rumort denn da in deinem Kopf! Versuchst du mir tatsächlich einzureden, daß Peter-Paul wieder nach Hause kommt – zu mir? Das wäre, bei Gott, verdammt schön. Aber so was machst du doch nicht aus purer Freundschaft. Was also, nun mal ganz offen, steckt dahinter?«

»Na ja . . . sagen wir, was dabei zum Vorschein kommt, ist genau das, was du jederzeit bei mir vermutest: eine Art Geschäft. Zum beiderseitigen Vorteil, versteht sich. Also nur mal angenommen, es gelingt mir, Peter-Paul zu veranlassen, endlich wieder zu dir zurückzukehren – dann nehme ich, sozusagen im Gegenzug, statt seiner deinen jüngsten Sohn Emanuel zu mir. Und zwar gemeinsam mit Elfriede Bartosch, die dann seine Frau wird; wozu auch deren Pflegekind Karlchen gehört.«

Während das Muckeltier leicht unwillig aufmiefte, äußerte Pankraz Pokorny krasseste Ablehnung. »Nein!« rief er aus. »So was niemals! Eine Elfriede Bartosch darf auf keinen Fall zu meiner Familie gehören. Die existiert für mich nicht!«

»Für mich jedoch tut sie das! Bei mir kann sie wohnen und leben; das gönne ich ihr. Und wenn die beiden unbedingt heiraten wollen, dann sollen sie das auch. Mit meinem Segen.«

»Ach was!« Pankraz bemühte sich, derartige Gedanken unwirsch abzuwimmeln. Er unterstrich dies mit mächtigen Händen, die Fliegenklatschen glichen, welche umherschlugen, ohne ein Ziel zu treffen. »Das ist doch infantiler Unsinn! Dieses Jungchen ist doch kaum erst seinen Eierschalen entschlüpft.«

»Immerhin – Emanuel ist dreißig Jahre alt.«

»Womit er also noch eine Menge Zeit hat, um sich die für ihn passende Frau auszusuchen – mit meiner Hilfe, versteht sich von selbst. Prächtigste Mädchen, die dafür in Frage kommen, wachsen bereits heran; da brauchst du dich nur mal in der Schule umzusehen. Na, und wenn die auch jetzt noch herumquieken wie die Ferkel, triefende

Rotznasen haben – in knappen zehn Jahren sind sie voll erblüht wie Rosen.«

»Und so lange gedenkst du zu warten, Pankraz? So lange, mithin, erhoffst du hier noch leben zu können?«

»Ich«, und das klang bei ihm wie eine Litanei, »überlebe euch alle!«

An einem der nächsten Nachmittage begab sich Pankraz Pokorny – selbstverständlich nicht ohne sein Muckeltier – zum Bärenwalder Staatsforst. Der war zu Fuß von seinem Hof aus in kaum mehr als einer halben Stunde zu erreichen. Also für ihn ein guter Verdauungsspaziergang; und für seinen Hund ein gewiß ebenso angenehmer und ablenkender Auslauf.

Friedrich-Wilhelm, der zweite Sohn, hatte um seinen Besuch gebeten. Offenbar begehrte er seinem sozusagen verehrten Vater endlich einmal vorzuführen, wozu er fähig war – als Forstmann. Schon aus Neugier hatte sich Pankraz entschlossen, einer solchen ungewöhnlichen Einladung Folge zu leisten. Wobei er sicher Gelegenheit haben würde, dieses Prachtexemplar von Sohn in seine möglichen Grenzen zu verweisen mit fachgerechten Ratschlägen.

Naserümpfend mußten dann Pankraz und sein vierbeiniger Begleiter registrieren, in dem vorderen Waldteil herrschte ein ungewöhnlicher Betrieb, geradezu ruhestörender Lärm. Nicht nur, daß sich dort Fuhrwerke ächzend über bereits stark zerfahrene Wege wälzten, auch Holzfäller stampften herum. Und von einer nahen Waldwiese war eine Art helles Freudengeschrei zu vernehmen, erzeugt von mehreren jungen Leuten.

Unglaublich! Friedrich-Wilhelm hatte diese einst stille Wiese in selbstherrlicher Anwandlung zu einem Sport-, Spiel- und Fußballplatz umfunktionieren lassen. Ganz im Sinne des verpflichtenden Wortes vom »gesunden Geist im gesunden Körper«. Er züchtete hier sozusagen auf Staatskosten Nachwuchs für die Vaterlandsverteidigung heran. Und aus war es mit dem stillen Wald und der gesegneten Ruhe.

Nun tauchte hier auch noch der Knabe Karl auf; er kam aus einem dichten Unterholz am Weg. Dabei grüßte er freundlich, fast artig. »Guten Tag, Pankraz Pokorny! Guten Tag, Muckelchen! Na, wie geht es euch denn so?«

Pokorny erwiderte den Gruß mit höflicher Gelassenheit, während sein Hund kurz aufbellte, was jedoch gleichfalls eine Art Begrüßung war. »Guten Tag, Karlchen. Uns geht es gut. Dir ja hoffentlich auch. Du kommst bei uns in Bärenwalde offenbar viel herum, was?«

»Hier gibt es immer was zu sehen!« rief der Kleine fröhlich und wollte wissen: »Läßt du deinen Muckel frei im Wald herumlaufen?«

Pokorny verstand sofort, was damit gemeint war. »Mein Muckelchen, mußt du bedenken, ist kein Jagdhund, was er weiß. Auch ist er niemals abgerichtet worden, war ihm nicht zuzumuten; würde das wohl auch gar nicht schön finden. Also jagt er kein Wild, beschnuppert es höchstens.«

»Ja, ja«, meinte Karlchen verständnisvoll, »der ist nun mal wie ein Mensch; sozusagen ein Menschentier.«

»Da hast du recht!« Pokorny nickte seinem Muckel zu, der stolz neben ihm stand; um sich dann wieder an Karlchen zu wenden: »Ich unterhalte mich ja an sich ganz gern mit dir, mein Jungchen – doch das müssen wir verschieben, auf ein andermal. Jetzt habe ich hier einiges zu tun.«

»Wenn du etwas Bestimmtes zu erledigen hast«, rief Karlchen ganz spontan, »dann könnte ich vielleicht inzwischen auf Muckel aufpassen. Ich würde ihn bestimmt gut betreuen.«

»Für dieses Angebot danke ich dir sehr.« Pokorny war offensichtlich erfreut, und sein Hund schien ähnlich zu reagieren. »Bei nächster sich bietender Gelegenheit komme ich darauf zurück. Doch wenn ich, wie heute, gewisse wichtige Dinge zu erledigen habe, ist Muckelchen gern dabei.«

Das war der Moment, in dem sich Friedrich-Wilhelm dem Vater näherte; ganz Förster und im Bewußtsein seiner baldigen Beförderung zum Oberförster. Betont ehrerbietig schwenkte er seinen Jägerhut und sah dem Alten, so wie es sich gehörte, offen in die Augen. Intensiv damit beschäftigt, sich in Szene zu setzen, übersah er allerdings den kleinen Hund, der sich daraufhin beleidigt setzte – sein Hinterteil dem Förster zugewendet.

»Erlaube mir, dich willkommen zu heißen, verehrter Vater. Darf ich dich mit einem meiner speziellen Probleme vertraut machen und dich um deine Meinung bitten? Ich habe hier nämlich – Befehl von oben – vierhundert Kubikmeter Holz bereitzustellen, schnittgerecht für Bretter. Wie soll ich deiner Ansicht nach am wirksamsten vorgehen?« Was wohl heißen sollte: im Sinne des Waldes.

»Das fragst du noch?« antwortete der Alte brummig, was ziemlich angriffslustig klang. »Wie ich sehe und deutlich höre, hast du deinem Forst bereits eine ganze Menge zugemutet an Fragwürdigkeiten – zum Beispiel dieses kämpferische Gebrüll deiner Wehrsportfreunde. Ein unglaublicher Lärm! Der die Geruhsamkeit des Waldes stört und mit Sicherheit die Tiere vertreibt. Diese Lebewesen brauchen Stille, bedürfen gelassener Besinnlichkeit, um zu äsen, zu zeugen und zu gebären. Dir nicht bekannt? Hättest mich befragen sollen – vorher. Aber so was, glaubst du wohl, hast du nicht nötig.«

»Selbstverständlich hätte ich gerne darüber mit dir gesprochen, Vater«, versicherte Friedrich-Wilhelm. »Doch ich habe wahrlich nicht geahnt, daß du darauf Wert legst. Ich war deiner Zustimmung von vornherein sicher. Vor allem habe ich vorausgesetzt, daß du der patriotischen Schulung und Bildung unserer Jugend Verständnis entgegenbringst. Diese jungen deutschen Männer, die doch wohl . . .«

»Laß gefälligst solchen Unsinn, Junge!« Für einen Pokorny war das, was hier »deutsch« genannt wurde, schließlich nur dann wirklich sinnvoll, wenn man darunter das Ostpreußische verstand. Ruhestörungen in einem seit Jahrhunderten gewachsenen und gepflegten Waldbereich gehörten auf keinen Fall zu den geachteten ostpreußischen Tugenden. »Doch nun mal weiter, Söhnchen! Wobei ich nicht hoffen möchte, daß du mir noch weitere Dummheiten vorführen willst . . .«

Friedrich-Wilhelm hatte erhebliche Mühe, sich zu beherrschen. Der eigensinnige Alte hatte sich in seinen Augen mehr und mehr zu einem notorisch unbelehrbaren Nörgler und Miesmacher entwickelt. Indessen hatte er sogar jetzt noch die Hoffnung, seinem Vater imponieren zu können – wenn das überhaupt noch jemand schaffte, dann doch wohl er, Friedrich-Wilhelm.

Er geleitete Pankraz Pokorny, dem Muckel widerwillig folgte, etwa einhundert Meter weiter in den Wald hinein, wo etwa ein Dutzend von ihm ausgesuchte und angelernte, ihm ergebene Männer am Werk waren. Mit großer, gewichtiger Geste wies er um sich, als sei er ein König, ein ganz souveräner, über all diese Baumbestände. »Ich . . . forste aus!«

Pankraz betrachtete Friedrich-Wilhelms »Ausforstung« mit grimmiger Kennermiene, um alsbald zu kritisieren: »Das darf doch einfach nicht wahr sein, Menschenskind! Du läßt die Bäume im Wald fällen, wie es dir paßt. Ohne jede fachmännische Überlegung, also ganz wahllos.«

»Mit System!« entgegnete der Sohn und Förster; was sich jedoch ein wenig mühsam hervorgequält anhörte. Konnte er denn diesem alten, immer seniler werdenden Gewaltkerl wirklich nichts mehr recht machen? »Ich habe dabei stets auf Qualität geachtet, eine wohlüberlegte Auswahl getroffen.«

»In einem seit Generationen bestehenden und verantwortungsbewußt betreuten Wald«, belehrte ihn Pankraz Pokorny, »kann man nicht beliebig herumfuhrwerken. Dort ist entweder alles von Qualität – oder nichts ist richtig. Natürliche Gegebenheiten einfach vergewaltigen, also rundherum abforsten, ausschlachten, ausweiden – das aber ist ein Verbrechen an der Natur. Zumindest muß auf jeden Fall für jeden gefällten Baum unverzüglich ein neuer gepflanzt werden – nicht einmal das hast du berücksichtigt.«

Friedrich-Wilhelm spürte in alldem, was er da vernehmen mußte, lauernde Verachtung und bewußte Kränkung; ihm rücksichtslos zugefügt, auf eine Art und Weise, die ihn aufs höchste verletzen und zutiefst beunruhigen mußte. Also setzte er zu einer Erwiderung an, die wahrlich nicht frei war von anklägerischen Tönen; seiner Meinung nach berechtigten. »Du verkennst mich, Vater! Du willst mich verkennen – das hast du schon immer getan. Das aber verdiene ich nicht!«

Damit kam er jedoch bei Pankraz nicht an. Denn der stieß jetzt gleich derartig stark zu, daß sich selbst seinem sonst so unermüdlich geduldigen Muckeltier die Haare zu sträuben schienen. Jedenfalls sah es so aus, als richte sich dessen dekorativer Schnauzbart entsetzt auf bei diesem donnergrollenden Ausbruch seines Herrn:

»Was glaubst du wohl, Friedrich-Wilhelm, könnte das denn sein – dein Verdienst? Als sogenannter soldatischer Mensch hast du mir niemals imponiert; dabei bist du mir immer vorgekommen wie ein Schaukelpferd mit Fransen. Und als ein achtbarer, erdverbundener Mensch aus altem ostpreußischem Bauerngeschlecht hast du dich auch nicht erwiesen, zu keiner Zeit und bei keiner Gelegenheit – vielleicht gerade noch beim Fressen und Saufen, was jedoch nicht ausreicht. Nun ja, Kinder immerhin kannst du machen, doch wer kann das hier nicht? Doch wenn, dann müßte es doch wenigstens ein Kind sein, das mir angenehm ist – auch hier Fehlanzeige. Und ein vorbildlicher Förster, ein Heger und Pfleger des Waldes und der Natur – na, von wegen! Wie ein adliger Kretin führst du dich auf – läßt wahllos Bäume fällen, knallst sinnlos Tiere ab.«

Das war genug, weit mehr als genug an Deutlichkeiten.

Der Sohn und Förster, der sich als Held und durchaus heimatbewußt fühlte, zitterte jetzt geradezu vor empörtem Aufbegehren. »Du willst mich nicht richtig verstehen, Vater! Du behauptest sogar, daß ich dir nichts wert bin. Du – liebst mich nicht.«

»Du irrst dich, Friedrich-Wilhelm.« Pankraz sagte das so lässig, als sei es ganz leicht, einen hier aus dem Ufer geratenen Bach in das ihm allein angemessene Bett zu lenken. »Ich sehe dich schon richtig und – ich liebe dich, schließlich bin ich dein Vater; der allerdings den Wunsch hat, in dir einen einigermaßen ebenbürtigen Sohn zu erblicken. Also eben keinen, der hier so borniert dämlich weitermacht wie bisher.«

Erbittert und anklagend zugleich erhob Friedrich-Wilhelm seine Hände, streckte sie gen Himmel. Und es war, als sei dies ein verabredetes Zeichen gewesen. Denn ein mächtig gewachsener Baum, eine nahezu hundert Jahre alte und etliche Zentner schwere Tanne schwebte, prasselte, krachte auf die Männer zu. Mit Todesrauschen sozusagen. Etwa ein, zwei Sekunden lang; oder sogar ein wenig mehr.

»Vorsicht, Muckel!« schrie eine jugendliche Stimme. »Komm her!« Worauf dieser stets hellwache, hellhörige Hund instinktsicher davonwieselte wie ein geölter Blitz.

Pankraz Pokorny jedoch blieb stehen – starr, hoch aufgerichtet blieb er eben genau dort, wo er gerade stand. Friedrich-Wilhelm jedoch schnellte sich hechtartig seitwärts, wohl in der Annahme, sich dadurch vor drohender Gefahr retten zu können.

Doch genau dorthin, wo er nach dem Sprung gelandet war, fiel der Baum. Dessen Stamm, durchaus geeignet, als Hauptmast eines größeren Segelschiffes zu dienen, krachte auf Friedrich-Wilhelm. Traf ihn voll. Zermatschte ihn. Nur noch ein sackartiges Gebilde aus Haut, Blut und Knochen blieb übrig. Lag da.

Friedrich-Wilhelm Pokorny war dem Tod, als er sich in Sicherheit zu bringen gedachte, sozusagen direkt in die wohl stets offenen Arme gesprungen. Pankraz Pokorny hingegen stand nach wie vor an derselben Stelle, völlig unbeschädigt, wenn auch jetzt bleich wie ein weißes Tuch. Die knorrigen Äste des an ihm vorbeigestürzten Baums hatten ihn kaum gestreift. Mit einer guten Portion Bosheit hätte man jetzt sagen können: Das von seinen Gegnern so fleißig für ihn geschaufelte Grab blieb leer – immer noch.

Er betrachtete seinen toten Sohn wortlos, mit unbestimmbaren, doch vermutlich sehr dunklen Gefühlen. Aber dann war es, als nicke er ihm zu, wolle ihm sagen: Siehst du, Junge, so geht das nun mal. Wer unbedingt sterben lassen will, kann niemals ganz sicher sein, ob er dabei selber überlebt. Und übrigens: daß Bären durch Schakale in den Tod getrieben werden, ist eigentlich ganz gegen die Regel.

Sodann sah sich Pankraz suchend um. Was war mit Muckel geschehen? Er konnte seinen Hund in unmittelbarer Nähe erblicken; offensichtlich erregt, aber innig umarmt von seinem Beschützer – von Karlchen.

Mit unsicher schwankenden Schritten bewegte er sich auf die beiden zu, ließ sich bei ihnen nieder. Fast war es, als falle er ihnen entgegen; als drohten erst jetzt seine Beine zu versagen, sein Herzschlag auszusetzen. Der Hund drängte sich von Karlchen weg in seine Arme, lag dort wie ein geborgenes kleines Kind.

Währenddessen gruppierten sich die aufgestörten Holzfäller um ihren Förster, der nun nicht mehr Oberförster werden konnte. Dabei sahen sie sich besorgt und betreten an. Da war wohl etwas schiefgegangen, das niemals hätte schiefgehen dürfen. Welche Folgen würde das haben? Was war zu tun?

Sicher jedenfalls war: Der eine konnte nicht mehr darüber reden. Und die anderen? Die würden mit einiger Sicherheit schweigen, bedingt durch jenen Selbsterhaltungstrieb, welcher doch wohl stets berechtigt war. Schweigen würden sie aber auch mit Rücksicht auf das Andenken ihres zu verscharrenden Vorgesetzten, der stets ein Held zu sein begehrte und das wohl auch war. Das war ihm zu gönnen, in seinem Tod erst recht.

Herbeigeeilt waren alsbald auch die Turn-, Spiel- und Sportfreunde, die sich auf der nahen Waldwiese getummelt hatten. Mit einem halb angstvollen, halb prickelnden Schauder blickten sie auf ihren im wahrsten Sinne des Wortes gefallenen Oberkameraden. Dieser war nun gewiß in den Heldenhimmel eingegangen, von dem er so oft geträumt hatte. Vor ihm sich zu verneigen war Gebot.

Somit stimmten sie feierlich – vaterländisch – kameradschaftlich ein Lied an. Eins von denen, das der Bärenwalder Poesie des Doktor Breisgauer entsprungen war und dann volkstümlich vereinfacht und in Musik gesetzt worden war – von Oberlehrer Schlaguweit:

Was kann heiliger als wahre Treue sein,
erhebender als hoffnungsfrohe Freundesliebe,
was du zutiefst besitzest, das ist dein,
zum höchsten Glück erblühen edle Triebe.
Was uns verbindet wie in alle Ewigkeit,
das ist ein Glaube an das große Ziel,
Du bleibst uns nah, bist du auch noch so weit,
was du uns gabest, war unendlich viel.

»Hört da lieber nicht zu«, empfahl Pankraz Pokorny seinem Hund und Karlchen. »Was die von sich geben, das sind hohltönende Worte; und je größer sie gedacht sind, desto mehr muß man ihnen mißtrauen. Schließlich kann auch ein Haufen Scheiße erschreckend groß sein.«

»Notwendig also jederzeit und grundsätzlich mißtrauisch zu sein; meinst du das, Pankraz?« fragte der Junge. »Und meinst du, man darf nicht einmal das glauben, was man gesehen hat, etwa das, bevor hier dieser Baum fiel – und das vielleicht nicht zufällig in eine ganz bestimmte Richtung?«

Pankraz schien entschlossen, derart heikle Gedankengänge gar nicht erst weiterwuchern zu lassen. »Ich weiß, mein Karlchen, daß du ein ziemlich kluger Kerl bist. Was aber nicht ausschließt, daß auch du wohl noch eine ganze Menge dazulernen mußt.«

»Und was, bitte, sollte das sein, zum Beispiel?«

»Daß man sich nicht gleich in alles einmischen darf! Wer eine Sache nicht völlig überschaut, wird leicht zu Vorurteilen kommen. Voreilige Urteile aber können gefährlich sein. Was allerdings nicht ausschließt, daß stets Wachsamkeit geboten ist!«

An Karlchens Miene vermochte Pankraz zu erkennen, daß dieser muntere Knabe weitere Fragen zu stellen vermochte – der wurde immer neugieriger. Um dem zuvorzukommen, sagte der Großbauer: »Im übrigen, mein lieber Kleiner, habe ich dir zu danken, und zwar dafür, daß du mit deinem Zuruf wohl gerade noch rechtzeitig meinen Muckel gewarnt hast.«

»War doch selbstverständlich. Habe ich gerne getan, sehr gerne sogar.«

Obwohl Pokorny für diesen eigenwilligen Knaben ganz erhebliches Wohlwollen empfand, gedachte er ihm das nicht allzu offensichtlich zu zeigen. Doch immerhin tat er nun etwas, das bei ihm erheblichen Seltenheitswert besaß: Er sprach eine Einladung aus. »Du kannst uns jederzeit besuchen, liebes Karlchen. Du bist uns willkommen.«

Worauf das Muckeltier nickte. Zustimmend.

Am späten Nachmittag dieses Tages erschien bei Konstantin Keese, dem in Bärenwalde stationierten Gendarmen, ein ungebetener und damit ruhestörender Besucher. Falls dem Ordnungshüter des Ortes überhaupt noch irgend etwas heilig war, dann wohl jene ihm besonders von Pokorny angeratene und dann von ihm geradezu liebevoll gepflegte Taktik der Nichteinmischung. Somit betrachtete es Keese als eine seiner Hauptaufgaben, einfach alles und jeden abzuwimmeln, was irgendwie unbequem zu werden drohte. Bei dem heutigen Besucher war das indessen gar nicht so einfach. Denn bei dem handelte es sich um keinen Geringeren als den Großgrundbesitzer und Viehzüchter Siegfried Seelinger. Welcher zu allem Überfluß – obwohl der ein Jude war – als »der« Pokorny-Freund galt. Aber – auf den hörte nicht nur Pokorny, der war vielmehr darüber hinaus für so gut wie alle Bauern in der näheren und weiteren Umgebung eine Respektsperson sondergleichen. Wenn der, den sie gleichsam als letzte Instanz anzurufen pflegten, zum Beispiel einen Schätzpreis für Vieh oder Gerätschaften oder sogar für Ländereien festlegte, dann wurde auch seine Entscheidung hingenommen, als handle es sich um ein Gerichtsurteil – wenn nicht um mehr.

Um eventuellen unbequemen Vorhaltungen dieses örtlichen Großjuden auszuweichen, erklärte Gendarm Keese willig entgegenkommend: »Wenn Sie irgendwelche Schwierigkeiten haben, Herr Seelinger, etwa wegen Ihrer polnischen Landarbeiter, denen ja einiges zuzutrauen ist, genügt ein Wort, und ich greife ein. Oder was sonst soll es diesmal sein?«

Siegfried Seelinger betrachtete nur ganz kurz diese schäbige, doch durchaus geordnet wirkende Bürohöhle, sorgfältig gescheuert, also kernseifensauber. Die aus grob zusammengezimmerten Fichtenholzbrettern bestehende Einrichtung beschränkte sich auf einen Tisch, vier Stühle und zwei Kastenregale; darin waren einige wenige Papiere, preußische Kargheit war das wohl.

»Sie vermitteln einen so ungemein sicheren Eindruck, Herr Gendarm. Als wenn Sie nichts von dem zu beunruhigen vermag, was hier in Bärenwalde vorgeht?«

»Ich bitte Sie – was geht denn hier, Ihrer Ansicht nach, bei uns vor?« Gendarm Keese lächelte nachsichtig, geradezu rosarot zufrieden gestimmt; nicht ganz unähnlich einem Mastschwein – einem sehr sauberen. »Nun ja, nun ja – ein paar kleinere Delikte hier und dort, wie etwa Gasthausstreitigkeiten, häusliche Auseinandersetzungen, ärgerliche Mißverständnisse – dergleichen Vorgänge jedoch bekomme ich schnell in den Griff. Ansonsten ist unser geliebtes Bärenwalde geradezu ein Hort der Ordnung.«

»Nun vielleicht abgesehen – von ein paar Totschlägen und Mordtaten . . .«

»Wie kommen Sie denn auf so was?« Der Gendarm war nunmehr bemüht, ganz den Biedermann herauszukehren. »Da scherzen Sie wohl, wie? Wollen ein Witzbold sein, was? Humor sollen Sie ja haben, Herr Seelinger, wird behauptet – nur kann ich mir in diesem Fall kaum was darunter vorstellen.«

Siegfried Seelinger wurde nunmehr ziemlich deutlich; schließlich glaubte er überzeugende Tatsachen vorbringen zu können – oder zu müssen! »Vor einigen Tagen ist Pokorny von seinem Heuboden gestürzt – dort sollen morsche Bretter montiert worden sein. Beinahe wäre er dabei umgekommen.«

»Ein Betriebsunfall. Ein sehr bedauerlicher. Doch so was ereignet sich immer wieder einmal. Sogar bei uns.«

»Was Sie ganz einfach hinnehmen? Als einen angeblich zufälligen Unfall? Dessen Einzelheiten Sie also nicht nachzuprüfen beabsichtigen?«

»Warum sollte ich denn das?« fragte der Gendarm mit gekonnt einfältiger Verwunderung. »Schließlich ist keine Anzeige erstattet worden, auch nicht von Herrn Pokorny, dem dabei direkt Betroffenen. Hat der nicht gemacht. Also mußte ich selbstverständlich nicht gleich voll einsteigen, ganz klar.«

»Sie glauben also, Herr Gendarm, Sie können alles so weiterlaufen lassen?«

»Weil hier eben alles einigermaßen richtig läuft! So sehe ich das als verantwortlicher Hüter der Gesetze. Warum soll ich mich in Vorgänge einmischen, die mich nichts angehen?«

»Und was ist mit dem Tod von Friedrich-Wilhelm Pokorny heute nachmittag im Wald? Geht auch der Sie nichts an? Läßt der Sie auch völlig gleichgültig?«

»Gleichgültig natürlich nicht, Herr Seelinger! Nicht als

Mensch. Da ist, wie die Leute ja sagen, ein Held gefallen; hat einen schnellen und achtbaren, man möchte fast sagen bodenständigen Tod gehabt. Derartige Unfälle jedoch sind bei uns nicht gerade selten; werden auch von mir als Gendarm registriert; ordnungsgemäß schriftlich. Mehr kann ich nicht tun – wie sollte ich auch?«

»Vermögen Sie denn nicht, nicht im geringsten irgendwie zu ahnen, was hier tatsächlich vorgeht, Keese?«

»Mir entgeht nichts . . . Seelinger.« Wobei es den Anschein hatte, als sei der Gendarm kurz davor gewesen, ihn ›Jude‹ zu nennen. »Ich jedenfalls weiß nicht, was Sie wollen! Ohne irgendwelche handfesten Beweise kann ich gar nichts machen. Oder – sind Sie in der Lage, mir so was zu liefern?«

Er legte eine Pause ein, um dann zu nicken. »Na, sehen Sie – das können Sie nicht. Habe ich mir gedacht. Vermutet wird viel, aber was läßt sich damit anfangen? So gut wie nichts! Ich jedoch beobachte, höre zu, passe genau auf – um im übrigen abzuwarten.«

»Intensive Nachforschungen sollten Sie einleiten, beharrliche Befragungen durchführen!«

»Sehr geehrter Herr Seelinger! Wozu sollte denn so was, ich bitte Sie sehr, gut sein?«

»So was würde eine bereinigende Unruhe in unser Dorf bringen. Das könnte hier einige Leute aufhorchen lassen, sie warnen, ihnen klarmachen, daß sie nicht einfach so weitermachen dürfen. Kurz und gut – es scheint angebracht zu sein, allen unseren Mitbewohnern überzeugend deutlich zu machen: Das Auge des Gesetzes wacht!«

»Und ob das hier wacht!« versicherte Konstantin Keese mit geradezu stolzgeschwellter Gendarmenbrust. »Aber doch nicht so ohne weiteres, über so angesehene Bürger – wie zum Beispiel einen Pankraz Pokorny.«

»Und warum nicht?«

»So etwas verbittet der sich glatt als aufdringliche Zumutung. Was ich respektiere – respektieren muß. Ein Mann wie er weiß sich jederzeit selbst zu helfen; womit wird der – der! – denn nicht fertig? Aber – falls er mich dennoch irgendwie mal brauchen sollte, dann bin ich da! Sofort! Selbstverständlich. Doch wie gesagt – nur dann!«

Als Pankraz Pokorny an diesem Abend, begleitet von Muckel, wieder auf seinen Hof zurückkehrte, sah er ungemein müde aus. Schwer ließ er sich nieder an dem großen Tisch in seinem Höhlenhausraum. Dort blieb er dann fast unbeweglich sitzen, wie eine aus dunklem schwerem Holz geschnitzte Figur.

Nun war er endlich allein – glaubte er jedenfalls. Weder der Großknecht Lukas noch seine Schwester Paula, auch nicht sein jüngster Sohn Emanuel ließen sich blicken. Er vermißte sie nicht. Doch zumindest Paula blieb ihm nicht erspart, sie löste sich aus dem finsteren Hintergrund. Lautlos, leicht gebückt, watschelte sie heran. Ein kurzes, warnendes Aufknurren des Hundes machte Pankraz darauf aufmerksam – der hockte da wie ein Wächter.

»Na, schlimm«, sagte sie in einem gespenstisch klingenden, beinahe drohenden Ton. »Sehr schlimm, in was du da hineingeraten bist . . .«

»Was in diesem Dasein ist denn nicht schlimm?« hörte er sich antworten. Er betrachtete seine Schwester mit müden, aber durchaus noch wachsamen Augen – denn er spürte ebenso wie der unruhig gewordene Muckel, daß sie von einer seltsamen Erregung beherrscht war. »Ich weiß, Paula, ich weiß, du hast für Friedrich-Wilhelm eine große Schwäche gehabt – wie auch andere. Doch ein Mensch kann sein wie ein weihnachtlicher Kerzenbaum, bald nach dem Beginn des neuen Jahres verlischt er unvermeidlich.«

»Du wirst jetzt eine Stärkung dringend nötig haben«, meinte die Schwester. »Die habe ich extra für dich zubereitet, wird dir guttun.«

Es handelte sich um ein Getränk, das hierzulande »Kirchenfenster« genannt wurde. Man bereitete es zu drei gleichen Teilen aus aufgekochtem Quellwasser, blutdunkel funkelndem Rotwein und bernsteingoldenem Rum. Damit könnte man, hieß es nicht nur in Bärenwalde, sogar Tote zu neuem Leben erwecken – oder Sterbenden einen absegnenden Tritt verpassen; gewissermaßen als eine Art letzte Umarmung.

Ein großes, randvoll gefülltes Glas von diesem Gebräu stellte nun Paula vor ihren Bruder Pankraz hin. Der Geruch erinnerte an jenen von Wiesen in glühenden ostpreußischen Sommernächten bei Vollmond vermischt mit dem vollen Duft geruhsamer Christabende. Diesem Getränk schnupperte das Muckeltier mit lebhafter Neugier entgegen; um alsbald schniefende Ablehnung zu bekunden, mit einem leicht unwilligen Schütteln seines dicken Kopfes.

Wie üblich, entging Pankraz Pokorny nichts von dem, was seinen Hund beschäftigte. Obgleich er heftiges Verlangen nach dem Rotwein-Rum-Gemisch verspürte, starrte er das Glas lediglich an – ohne es anzurühren. Sodann forderte er seine Schwester auf, sich zu ihm zu setzen. »Genau mir gegenüber, damit ich dich richtig sehen kann, dich genau betrachten kann.«

Sie kam seinem Verlangen nach, hockte sich hin und blickte ihn mit ihren kleinen, katzenhaft funkelnden Augen an. Es war, als versuche sie ihm deutlich zu machen, daß sie ihm nicht auszuweichen gedenke. Niemals!

»Nach diesen Vorgängen im Wald«, fuhr Pankraz fort, »läßt mich das Gefühl nicht mehr los, daß ich niemandem mehr vertrauen kann. Niemandem! Mit einer Ausnahme: diesem Hund. Der ist wie ein menschliches Wesen, ohne dazu verdammt zu sein, sich allgemein und in jeder Hinsicht wie ein Mensch zu benehmen.«

»Wie du meinst, Pankraz. Es ist gewiß so, wie die Leute sagen: Wo du recht hast, hast du recht ... Jetzt aber bist du maßlos müde und kannst kaum noch klare Gedanken fassen.« Sie schob ihm das von ihr zubereitete Getränk hin. »Überschlafe das alles erst einmal. Diesen guten Trunk hast du nötig.«

Er berührte das Glas jedoch immer noch nicht, zeigte nur darauf und sagte: »Ich will es nicht, Paula.« Um dann nach einer kurzen Pause hinzuzufügen: »Trink du es aus.«

Sie starrte ihn an, als habe sie einen mächtigen Frosch vor sich mit einem fest zusammengepreßten Maul, der nichts schlucken wollte. »Dieses Getränk, Pankraz, ist für dich bestimmt, für dich ganz allein.«

»Doch nun überlasse ich es dir, Paula. Trink es auf mein Wohl, das ja auch dein Wohl ist – nicht wahr? Leere dieses Glas möglichst in einem Zug; dann wirkt es erfahrungsgemäß am besten.« Jetzt hockte er nicht mehr da wie ein großmauliger Frosch, sondern eher wie ein raubgieriger Tiger, der sie grausam belauerte. »Du willst nicht? Warum denn nicht?«

»Es ist . . . es ist für dich bestimmt«, würgte sie hervor.

»Und eben deshalb, meine liebe Schwester, kannst du es mit gleichem Recht und Genuß trinken.« Seine Augen, so kam es Paula vor, loderten grell auf, gelb und grün wie die einer Großwildkatze. Muckelchen schien Unheil zu ahnen und kroch regelrecht in sich hinein, starrte aber gleichzeitig gebannt auf diese sich belauernden, offensichtlich vernichtungsbereiten Menschen. »Falls du etwa beabsichtigt haben solltest, mich zu vergiften, dann kannst du dich nun selbst umbringen – oder ich bringe dich um! Eine andere Wahl hast du jetzt nicht mehr.«

»Geh zum Teufel!« schrie sie ihn an.

»Nach dir«, sagte er in einem Ton, als handele es sich um eine freundliche Einladung – aber seine Augen waren eiskalt wie die Oberfläche des Bärenwaldsees in den frostklirrenden Nächten des tiefsten Winters.

Mit sozusagen schicksalsentschlossener Ergebenheit ergriff Paula das Glas und setzte es an die Lippen, wobei sie Pankraz voll ansah. Es war, als erwarte sie noch in allerletzter Sekunde ein erlösendes Wort von ihm – gleichzeitig wissend, daß es nicht erfolgen würde. Dann trank sie das Glas aus, trank alles mit geschlossenen Augen in sich hinein. Um fast unmittelbar darauf niederzubrechen wie ein vom Blitzschlag gefällter Baum.

»Also doch!« sagte Pankraz. Nichts anderes. Nichts weiter sonst. Er erhob sich, ohne noch einmal zu Paula hinzusehen, und stampfte ins Freie. Sein Muckelchen trabte ergeben hinter ihm her und wirkte dabei sehr traurig.

Diese Nacht – bis zum Morgengrauen und noch darüber hinaus – verbrachte Pankraz Pokorny auf seiner Bank hinter dem Haus im Obstgarten. Allein sein Muckeltier durfte sich bei ihm aufhalten. Menschen schien er nicht in seiner Nähe dulden zu wollen.

So blieb denn auch sein Sohn Emanuel, der sich am späten Abend hierherwagte, in gebührender Entfernung stehen und rief:

»Das ist ganz furchtbar, Vater.«

»Menschlich«, entgegnete Pokorny schroff abweisend.

»Was, Vater, soll nun geschehen?«

»Das, was unvermeidlich ist und was du, Emanuel – jetzt vorübergehend an meiner Stelle – für richtig hältst«, kam die Antwort mit dunkler Stimme. »Versuch dabei so zu denken wie ich; du kannst es, weil du es in dieser Situation tun mußt. Und berichte mir darüber, sobald dir das angebracht erscheint – von Zeit zu Zeit. Aber komm immer nur allein! Halt mir, uns beiden«, diesmal vergaß er nicht, auf seinen Muckel hinzusehen, »alles sonstige Gesindel vom Hals; ohne jede Ausnahme.« Den sonst üblichen Scherz, er werde andernfalls »seinen Bluthund loslassen«, brachte er diesmal nicht an.

Emanuels erster Bericht erfolgte nach einer knappen Stunde erneut aus gebührender Entfernung. Pankraz und sein Hund hockten auf ihrer Bank bei den Apfelbäumen im Schutz einer Dunkelheit, die sie wohltuend umhüllte.

Sie wirkten wie Schatten ihrer selbst und waren kaum noch zu erahnen.

»Tante Paula ist inzwischen im großen Wohnraum provisorisch aufgebahrt worden. Arzt und Gendarm wurden verständigt, auch der Geistliche, das war wohl unvermeidlich. So gut wie alles verläuft somit normal, Vater. Bis auf eines: Lukas Lipski droht durchzudrehen. Er hat sich auf die Leiche geworfen und verkündet, er werde seiner geliebten Toten nachfolgen. Was soll man da machen, Vater?«

»Nichts«, entgegnete Pankraz seinem Sohn aus der Dunkelheit. »Regt er sich auf, regt er sich auch wieder ab. Auf keinen Fall ist er ein Selbstmörder – das ist bei uns in Ostpreußen ohnehin niemand. Das Leben geht nun mal weiter, unsere Erde und unsere Tiere wollen betreut sein, da hat kein Mensch weder Recht noch Anlaß, sich seinen Pflichten zu entziehen. Hilf Lukas, sich darauf zu besinnen; mach ihm klar, wie dringend er hier noch gebraucht wird. Und sag ihm, daß du es bist, der Wert auf ihn legt. Meinen Namen brauchst du dabei nicht zu erwähnen . . .«

Seinen zweiten Bericht erstattete Emanuel etwa eine Stunde danach. Abermals redete er in die undurchdringlichen Nachtschatten hinein; dorthin, wo er seinen Vater und dessen Hund wußte. Regungslos schienen beide dazusitzen, dösten vermutlich erschöpft vor sich hin, wollten möglichst in Ruhe gelassen, aber auch über die Geschehnisse auf dem laufenden gehalten werden – auch wenn das Heimsuchungen, Versuchungen sondergleichen waren. Das fühlte Emanual ganz stark – wenn er auch später nicht zu erklären vermochte, warum dieser Obstgarten in Bärenwalde bei ihm in derartigen Augenblicken die merkwürdigsten Vorstellungen erzeugte; sogar solche, die mit dem Ölberg bei Jerusalem in Zusammenhang gebracht werden konnten. Seltsam abirrende Gedanken, geboren aus einer ungewöhnlichen Situation . . .

»Der Arzt«, Doktor Anatol Breisgauer also, »hat als Todesursache Vergiftung festgestellt«, berichtete er angebracht laut. »Vermutlich erzeugt durch Zyankali oder so was ähnliches. Auch der Gendarm hat seinen amtlichen Senf dazugegeben; von wegen eingehender polizeilicher Nachforschungen. Dabei will er herausgefunden haben, daß Tante Paula dieses Gift bereits vor ein paar Jahren höchstpersönlich eingekauft hat zwecks Vernichtung von Ungeziefer. Der für das gebraute Getränk verwendete Kessel und das dann benutzte Glas wurden sichergestellt; auf beiden befinden sich laut amtlicher Versicherung ausschließlich Fingerabdrücke von Tante Paula. Na, und was den Geistlichen anbetrifft – der betet.«

»In meinem Haus? Ohne meine Genehmigung?« rief Pankraz mit deutlich hörbarem Grimm. »Na schön ... oder eben nicht schön; gönnen wir ihm dieses Vergnügen. Doch unnötig ausdehnen soll er das nicht; vielmehr seine Stimme schonen für die nächsten Predigten, die hier ja unvermeidlich sind.«

»Er benimmt sich einigermaßen gesittet«, beruhigte Emanuel seinen Vater. »Wobei er allerdings so was wie Verstärkung herbeigeholt hat – ein paar Leute vom Heimatverein, die gerade im Gasthof neueste Lieder eingeübt haben.«

Als sei dieser Hinweis ein Zeichen gewesen, ließen sich jetzt diese Bärenwalder Heimatsänger vernehmen. Was sie lautstark zum besten gaben, hielten sie gewiß für klangrein und wohltönend. Wie von einem Rudel brünstiger Hirsche röhrten nunmehr Herz und Seele erhebende Gedichte durch diese Nacht – echteste Breisgauer-Schlaguweit-Poesie.

Wahre Liebe wärmt uns Menschen gleich der Sonne,
so wie ein edler Baum uns reife Früchte schenkt,
war auch das Leben kurz, doch voller Glück und Wonne,
dank sei dem, der diese Erde lenkt.

»Stell gefälligst diesen triefenden Unsinn ab!« forderte Pankraz von seinem Sohn. »Von mir aus kannst du diesen Heimatbrüdern jede Menge Schnaps in deren Sängerrachen gießen – aber nicht gleich von unserem besten. Hauptsache, die verstummen! Mein Muckelchen und ich wünschen nichts weiter, als endlich schlafen zu können. Wir sind sehr traurig. Doch wie tief das geht und weshalb es in Wirklichkeit so ist – das ist und bleibt einzig und allein unsere Sache!«

Am nächsten Tag präsentierte eine strahlende Sonne mit nahezu feierlicher Beharrlichkeit abermals schönstes Sommerwetter. Die Tiere wirkten fröhlich, die Erde duftete wie frischgebackenes Brot, und die Äpfel der Obstbäume, unter denen Pokorny auf seiner Gartenbank erwachte, hatten bereits volle Formen. Bald würden sie auch noch Farbe bekommen.

Pankraz gähnte, dehnte und reckte sich auf der Bank. Dann erhob er sich, stampfte mit den Füßen auf, schüttelte seinen schweren Körper, spürte das Blut durch die Adern pulsieren und stellte fest: Ich lebe! Er hatte vergleichsweise gut geschlafen, in den letzten Stunden sogar traumlos. Das war nicht die erste Sommernacht, die er im Freien verbracht hatte; es gab eine ganze Menge Menschen in diesem Land, die sich in der heißen Jahreszeit nicht nur gelegentlich ihren dumpfen Betten und engen Wänden zu entziehen trachteten, um dann im Gras zu schlafen, im Wald oder – eben wie er – auf einer Gartenbank.

Pankraz fühlte sich ungemein gekräftigt. Seine Lungen hatten den Duft der Erde, seiner Erde, und den Geruch von Bäumen und Blumen tief eingezogen, und nun war es ihm, als habe er sich nahezu erneuert – wie unzerstörbar kam er sich vor. Und das trotz der bedrückenden Ereignisse des gestrigen Tages, an denen er sich jedoch unschuldig fühlte – völlig.

Er verschränkte die Hände ineinander und blickte himmelwärts, um feststellen zu können: allerbestes Erntewetter! Dann aber sah er sich suchend um, denn er vermißte etwas sehr Wesentliches – seinen Hund.

Nun war es jedoch keineswegs so, daß Pankraz irgendwie verwundert, geschweige denn beunruhigt gewesen wäre. Vermutlich unternahm sein geliebter Kleiner, wie er es mit großer Regelmäßigkeit jeden Morgen tat, eine Art Haus- und Hofinspektion. Dabei pflegte Muckel durch die Stallungen zu tänzeln, zur Pferdekoppel hin, auch zu den Kuhweiden, wobei er jedes dazugehörige Tier einzeln begrüßte – so, als gedenke er denen klarzumachen: Du bist da ... ich bin auch da ... uns geht es gut ... alles in Ordnung!

Pokorny rief nunmehr nach seinem Sohn Emanuel. Der eilte sofort herbei, als habe er längst auf diesen Ruf gewartet. »Was, Vater, kann ich für dich tun?« fragte er. Das allerdings in einem Ton, der auch bedeuten konnte: Was willst du denn schon wieder? Doch er fügte hinzu: »Hier läuft offenbar alles allerbestens. Nirgendwo gibt es Schwierigkeiten.«

»Nichts anderes habe ich erwartet«, knurrte Pankraz wohlwollend. »Weißt du, wo mein Muckelchen ist?«

»Aber ja, Vater. Der befindet sich in guten Händen; sogar in sehr guten! Den hat Karlchen abgeholt – zu einem Spaziergang. Er will ihm die Enten und Gänse beim Dorfteich zeigen, sie wohl miteinander bekannt machen.«

»Ohne mich zu fragen?«

»Karlchen meinte, du hast gewiß nichts dagegen. Und Muckel war ebenfalls ganz einverstanden, was er auch deutlich gezeigt hat. Der liebt eben diesen Jungen, da gibt es wohl keinen Zweifel – und umgekehrt ist es wohl genauso.«

»Unsinn!« polterte Pokorny los. »Muckel wird von mir geliebt, und er liebt mich. Ausschließlich mich. Und wohin, sagst du, hat dieser Knabe meinen Hund mitgenommen? Ausgerechnet zum Dorfteich?«

»Na, wieso denn nicht? Dort wird es deinem Muckelchen ganz bestimmt gefallen.«

»Nur ist es doch so«, stellte Pankraz ahnungsvoll fest, »daß sich unmittelbar neben diesem Dorfteich auch jenes Haus befindet, in dem dieser Junge lebt – also das dieser Bartosch-Weiber! Was ich höchst verdächtig finde! Soll das etwa in ein Spiel ausarten, in dem auch du deine Finger stecken hast, mein Sohn? Tu mir das nicht an, Emanuel! Damit würdest du mir einen schlechten Dienst erweisen. Dir aber auch.«

»Ganz so dämlich, Vater, bin ich wirklich nicht. Hast du das denn nicht inzwischen erkannt? Diese Sache jedoch geht einzig und allein auf das Konto des Knaben Karl. Der kann, was du vermutlich gemerkt hast, schlau wie ein Fuchs sein. Aber dazu auch noch störrisch wie zwei Maulesel. Und wenn da auch noch ein Muckel dazukommt . . .«

»Dann wäre das ja wohl das Letzte, das Allerletzte«, regte Pankraz sich auf. »Sollte es dieser Bengel womöglich versuchen, meinen Muckel gegen mich auszuspielen? Traue ich dem zu. Aber das treibe ich dem auch wieder aus!«

Gleich einem Racheengel mit gezogenem Flammenschwert betrat Pankraz Pokorny bald darauf das Bartosch-Grundstück. Wobei er jedoch nicht sonderlich weit kam, denn Hermine Bartosch – hier im allgemeinen nur »die Hebamme« genannt – stellte sich vor ihm auf, blockierte seinen Weg wie ein aus dicken Balken errichteter Schlagbaum. Sie war ein Zugpferd von einem Weib: stämmig, kraftstrotzend, vital; und in diesem Augenblick bar jener Gutmütigkeit, die man Hebammen ansonsten gern andichtet. »Was willst denn du, Pankraz?!« wieherte sie ihn warnend an. »Hier hast du nichts zu suchen, schon seit Jahrzehnten nicht mehr. Mach also, daß du wegkommst!«

»Deinetwegen, Hermine, bin ich wahrlich nicht gekommen.«

»Also – verschwinde! Oder soll ich dich eigenhändig hinausprügeln?«

Dergleichen war diesem Teufelsweib tatsächlich zuzutrauen, Pokorny hatte da kaum Zweifel. Angriffswütig war sie schon immer gewesen; also war es niemals ratsam, mit der Streit anzufangen. »Ich bin nur hier wegen eurem Karl. Der hat meinen Hund entführt.«

»Ach du lieber, gütiger Gott!« rief die Bartosch ungläubig aus. »Was bist du doch für ein bornierter Kerl! Glaubst wohl immer noch, du bist der Bauchnabel dieser Welt. Dir gehört alles, alles hat zu dir zu gehören. Kommst dir wohl vor wie ein Herrgott, bist jedoch höchstens sein Arschloch, sofern der überhaupt eins hat!«

»So siehst du mich also . . .«

»Na, wie denn wohl sonst, Pankraz? Das mußte einmal gesagt werden, das war ich mir schuldig. Das erleichtert mich, und das hast du verdient. Nun aber kannst du von mir aus hereinkommen – aber nur, um zu sehen, was dein Muckelchen und unser Karlchen da so miteinander treiben. Die spielen im Garten – wie Kinder, die brüderlich zusammengehören.«

Zum erstenmal seit dreißig Jahren betrat Pokorny wieder das Bartosch-Haus. Das kam ihm völlig unverändert vor, so, als habe er sich hier erst gestern aufgehalten. Sehr sauber war alles, gepflegt und behaglich; die Möbel wie neu, die Wände frisch getüncht, die handgewebten Vorhänge einfallsreich und harmonisch aufeinander abgestimmt.

Dort, vom Wohnzimmer aus – worauf Hermine einladend wies –, konnte er in den Garten hinausblicken, wo sich beim Rosenbeet sein Muckeltier aufhielt. Das sah außerordentlich beschäftigt aus, dem führte Karlchen gerade einige Katzen vor, die zu diesem Haus gehörten. Fünf gab es hier; und alle diese Tiere zögerten offenbar nicht, sich interessiert zu beschnuppern.

»Welch ein Idyll!« mußte Pankraz zugeben, reichlich widerwillig. »Und solche Rosen wie die deinen gibt es hierzulande weit und breit nicht. Die blühen offenbar drei bis vier Monate lang – wie machst du das?« Er ließ sich, ohne dazu aufgefordert worden zu sein, in einen bequemen, wie für ihn bereitstehenden ledernen Sesselstuhl fallen, der ihm recht bekannt vorkam – hatte er in dem nicht schon so manches Mal gesessen?

»Kann ich was zu trinken haben?«

»Nein!« Das lehnte Hermine Bartosch schroff ab. »Für dich gibt es hier nichts zu saufen; jetzt nicht und wohl auch noch lange nicht.«

Pankraz betrachtete sie wie ein edles Zuchttier, das er irgendwann einmal hatte verlorengehen lassen müssen; dessen Verlust ihn aber auch jetzt noch betrübte, wenn nicht sogar traurig stimmte. »Hat es denn unbedingt dazu kommen müssen, Hermine? Hast du nicht gespürt, wie tief mein Verlangen gewesen ist – nach einer friedvollen Harmonie in unserer Welt? So etwa, wie das jetzt draußen im Garten ist, wo sich mein Hund mit deinen Katzen verträgt. Ein schönes Beispiel inniger Verbundenheit. Gefällt mir – sehr. Bewegt mich sogar.«

»Was ist denn bloß in dich gefahren, Pankraz? Versuchst du etwa, mir nun auf die sanfte Tour zu kommen? Ein Bulle, der wie ein Zeisig flötet? Eine Krähe, die bemüht ist, wie eine Nachtigall zu singen? Nein, nein – da kannst du anstellen, was auch immer du willst – niemals werde ich vergessen, was du mir angetan hast!«

»Nun ja, Hermine . . . ich weiß, worauf du anspielst . . .« Seine Gedanken schienen sich jetzt mühsam zu bewegen wie ein Mühlrad, dem sein flott fließendes Wasser entzogen worden ist. »Gewiß habe ich es mal gesagt, daß meine Frau bei der Geburt ihres dritten Sohnes vermutlich deshalb gestorben sei, weil du als Hebamme nicht genügend aufgepaßt hast.«

»Das allerdings, Pankraz, hast du dir geleistet! Wobei du weißt, daß ich eine genauso gute Hebamme bin, wie du ein guter Bauer bist; nur eben, daß es bei dir meist um das Vieh geht, bei mir hingegen handelt es sich um Menschen. Doch fast alle, die hier in Bärenwalde herumlaufen, leben durch mich. Umgebracht jedenfalls habe ich niemanden.«

»Zugegeben! Bedaure mein Verhalten, verdammt noch mal! Dabei aber, darum bitte ich sehr, darfst du auch noch etwas anderes nicht vergessen, Hermine: Habe ich nicht einstmals, in meinen wohl schwersten Stunden, bei dir Schutz und Hilfe gesucht? Die du mir dann auch wohltuend gewährt hast?« Er war offenbar bemüht, sich zu einfühlsamen, freundlichen Tönen durchzuringen. »Dafür war ich dir sehr dankbar; bin das immer noch – obwohl du mich zurückgestoßen hast nach einer unvergeßlichen, wenn auch nur kurzen Zeit. Mich zurückgestoßen! Und zwar gleich so, daß ich mir völlig abgewertet, geradezu betrogen vorkommen mußte.«

»So darfst du nicht reden – nicht mit mir«, entgegnete Hermine Bartosch scharf abweisend. »Damals hast du dich aufgeführt wie ein verbohrter, sturer und dazu noch maßlos eingebildeter Hammel, und so was bist du offenbar auch heute noch. Wobei du neuerdings sogar versuchst, dich selber abzuschlachten.«

Pokorny rang sichtlich um Beherrschung und Gleichmut – es war ein innerer Kampf, den er mit einer derartigen Intensität wohl noch niemals in seinem Leben hatte führen müssen. Er war würgend bemüht, auch weiterhin gelassen zu erscheinen, sich friedfertige, begütigende Worte einfallen zu lassen. »Ich weiß nur soviel, Hermine: In jener Zeit, in der du mir Zuneigung und Trost geschenkt hast, haben wir uns, nun mal ganz offen gesagt, geliebt. Was du gewiß nicht leugnen kannst. Das war eine wunderbare Zeit, eine beglückende. Aus der dann ein Kind hervorgegangen ist – unsere Elfriede! Also genau die, welche nunmehr mein Sohn Emanuel unbedingt heiraten will. Was aber nicht geht, unter keinen Umständen geschehen darf. Blutschande ist das dann, sagt man nicht so?«

»Mein Gott, Pankraz!« Hermine Bartosch schüttelte ihren Kopf wie ein von prasselndem Strohfeuer aufgestörtes Pferd. »Sollte es tatsächlich das sein, was dich hier in Bärenwalde, und zwar schon die ganze letzte Zeit, herumtoben läßt wie ein Dutzend Bienenschwärme? Spielst du deshalb verrückt wie ein Esel, den ein Dutzend Bullen betrampelt haben? Wenn aber dem so ist, dann bist du ja noch weitaus bornierter, als ich mir das jemals vorzustellen vermochte.«

»Machst du dich etwa lustig über mich?«

»Soweit ich mich irgendwie erinnern kann, Pankraz, bist du noch niemals irgendwie belustigend gewesen. Doch immerhin habe ich dich wenigstens für einen berechnenden Planer gehalten, der zu keinem Zeitpunkt den Überblick verliert über das, was möglich oder unmöglich ist. Doch nun stellt sich heraus, daß du nicht einmal richtig rechnen kannst. Denn wie, bitte, kommst du darauf, daß meine Elfriede deine Tochter ist? Das ist die nicht; nie und nimmer!«

»Ist sie nicht?« Pankraz wußte in diesem Moment nicht recht zu beurteilen, ob ihm alle Felle wegschwammen oder ob ihm reife Früchte in den Schoß fielen. Doch zunächst einmal reagierte er, das war wohl unvermeidlich und zwangsläufig, typisch männlich: »Ich bin nicht ihr Vater, sagst du? Wenn das aber stimmt, dann hast du mich also betrogen!«

Diese Worte hörten sich an, als beabsichtige er damit auszudrücken, daß er ihr so was schon immer zugetraut habe, obwohl man doch einen achtunggebietenden und weithin geachteten Mann wie ihn eigentlich niemals hätte betrügen dürfen.

»Von Betrügen kann überhaupt keine Rede sein.« Hermine Bartosch wies eine solche Beschuldigung entschieden zurück. »Das geschah ein wenig später, nach unserer Zeit, die ja – glücklicherweise, bin ich versucht zu sagen – sehr kurz war. Da kam dann ein anderer. Und der ist der Vater von Elfriede.«

»Wer? Wie heißt er?« verlangte Pankraz Pokorny unverzüglich zu wissen, halb bettelnder Honigbär, halb lauernder Luchs. »Mit wem hast du dich damals eingelassen, um mir auch noch diese Schmach anzutun?«

»Das ist allein meine Angelegenheit und geht dich einen Dreck an. Würg diesen Brocken in dich hinein und hau endlich ab! Befreie mich von deinem Anblick, der mir alles andere als Freude macht.«

»Das geht mich aber – verdammt noch mal – sehr wohl etwas an, Hermine! Und deshalb bleibe ich hier – so lange, bis ich die ganze Wahrheit weiß.«

»Darauf kannst du warten, bis du grau bist . . . aber das bist du ja schon. Und wenn du hier Wurzeln schlägst – aus mir wirst du nicht das geringste herausbekommen.«

»Muß ich aber!« Pankraz gab sich wild entschlossen wie ein zur Besteigung bereiter Hengst, dem die begattungswillige Stute fehlt. »Kannst du dir denn nicht vorstellen, worum es hier geht? Um das Pokorny-Erbe!« Diese Worte brachte er so bedeutungsschwer heraus, als habe er nichts Geringeres anzukündigen als den Schöpfungsakt. »Das ist doch hier der springende Punkt, wenn mein Emanuel heiratet – und zwar deine Elfriede, was er ja unbedingt will. Und bisher habe ich gedacht, das geht nicht. Nun aber sieht ja alles wesentlich anders aus – also soll er doch, in Dreiteufelsnamen! Sobald die Vaterschaft deiner Elfriede geklärt ist – einwandfrei. Also jetzt mal raus mit der Sprache! Wer war es?«

»Von mir, Pankraz, wirst du kein Wort mehr dazu hören. Von mir nicht!«

»Wenn nicht von dir – von wem denn sonst?« Er drängte mit vollem Einsatz einer Entscheidung entgegen. »Das muß aufgedeckt werden. Darauf bestehe ich! Alle meine Mittel und Möglichkeiten werde ich einsetzen, um reinen Tisch zu machen – ist das deutlich genug? Ich kann aber auch noch ganz andere Saiten aufziehen, falls man mich dazu zwingt. Dann werden hier alle Puppen tanzen! Ich rate jedoch niemandem, es darauf ankommen zu lassen, auch dir nicht. Also: Wer kann mich in dieser Angelegenheit aufklären?«

»Ich jedenfalls nicht.«

»Wer dann? Das will und muß ich jetzt wissen. Du kennst mich, Hermine: Sobald es um mein Erbe geht, bin ich zu allem entschlossen; da kenn ich keine Hindernisse. Also rede endlich!«

»Vielleicht«, sagte Hermine nach einer Pause so bedächtig, als habe sie jedes ihrer Worte auf eine Waagschale zu legen, die sogar noch Milligrammgewichte zu registrieren vermag, »solltest du dich einmal mehr an deinen Freund Siegfried Seelinger wenden.«

»An den? Warum?«

»Ihm vertraust du doch, nicht wahr? Zu Recht, wie ich glaube. Und wenn einer wirklich weiß, was da so bei uns in Bärenwalde alles läuft, vorstellbar ist, sich ereignen kann – dann er! Falls der es für richtig hält, kann er dir vielleicht helfen. Und nur er – wenn er will.«

Pankraz Pokorny rief sein Muckelchen zu sich, das ihm brav entgegentrottete, ohne auch nur eine Sekunde zu zögern. Seine blitzenden, blanken Augen leuchteten noch vor Freude über die neuartigen Erlebnisse, die ihm Karlchen vermittelt hatte.

Liebevoll verabschiedeten sich der Hund und der Junge voneinander, bevor sie sich trennten und Pankraz mit Muckel das Bartosch-Haus verließ.

Auf seinem Hof angekommen, spannte Pokorny eigenhändig zwei Pferde vor seinen sogenannten »Jagdwagen«, der normalerweise nur zu Inspektionsfahrten benutzt wurde. Sohn Emanuel stand aufmerksam dabei und registrierte anerkennend, daß sein Vater noch immer jeden Handgriff einer Bespannung sicher beherrschte. Pankraz versäumte es darüber hinaus nicht, die Pferde beim Anlegen des Zaumzeuges, aber auch zwischendurch zu streicheln. Er gehörte eben in eine Welt, in der Mensch und Tier sich gegenseitig vertrauen.

Nachdem er noch einmal prüfend um Gespann und Fahrzeug herumgegangen war – und selbstverständlich hatte er dabei nichts vergessen, nicht das geringste übersehen –, hob er sein Muckeltier, das schon darauf gewartet hatte, auf den rechten Sitz. Er selbst bestieg den linken und ergriff mit einer Hand die Zügel. Eine Peitsche gebrauchte er nie, die verschmähte er; er hielt sie für unnötig.

»Wir wollen Siegfried Seelinger besuchen«, erklärte er seinem Sohn. »Das wird vermutlich ziemlich lange dauern. Wartet also nicht auf uns; kann sogar sein, daß wir dort übernachten.«

Möglicherweise hätte er gern hinzugefügt: Diese Fahrt machen wir nicht zuletzt deinetwegen, Emanuel. Aber das unterließ er. Pankraz hatte sich schon immer gescheut, über irgendwelche Probleme zu sprechen oder sie auch nur anzudeuten, solange sie noch in der Schwebe waren. Er liebte es, seine Mitmenschen vor vollendete Tatsachen zu stellen. Dann war ja nach seiner Meinung auch noch Zeit genug, seinen Entschlüssen zuzustimmen.

»Inzwischen, mein Sohn«, meinte er mit ermunterndem Augenzwinkern, »könntest du unserem Geistlichen auf den Zahn fühlen. Frag ihn mal, was er von einem schönen christlichen Doppelbegräbnis hält – für deinen Bruder Friedrich-Wilhelm und Tante Paula. Zum doppelten Tarif, versteht sich.«

»Wird gemacht! Da dürfte es wohl keine Schwierigkeiten geben.« Emanuel schien immer mehr zu einem echten Pokorny-Sohn heranzuwachsen. »Also dann, Vater: Viel Vergnügen für euch beide! Und herzliche Grüße an Onkel Siegfried!« Schließlich war Seelinger sein Pate.

Bei der Ankunft auf dem sogenannten »Judenhof« schien es, als wäre dort dieser Besuch erwartet worden. Freund Siegfried schien bereits beim Eingangstor nach ihnen Ausschau gehalten zu haben. Und ein Pferdepfleger stand bereit, um die Pokorny-Tiere geschickt und sachverständig zu betreuen.

Die Freunde Siegfried Seelinger und Pankraz Pokorny umarmten sich herzlich. Unmittelbar danach versäumte es Siegfried nicht, Muckel höchstpersönlich vom Sitz zu nehmen. Währenddessen eilte auch die stattliche Frau Olga herbei und ließ sich von Pankraz mit überschwenglicher Höflichkeit erst die eine Hand, dann die andere, schließlich beide Hände schütteln. Sie lächelte ausdauernd liebenswürdig und verkündete: »Ich werde ein paar bescheidene kalte Platten herrichten.« Die Besucher wußten, daß dies eine höchst vielversprechende Untertreibung war.

Doch zunächst einmal standen mitten auf dem großen Tisch in der Bibliothek diverse Flaschen mit »geistigen« Getränken bereit. Außerdem eine Schale frisch geschöpften, klarsten Brunnenwassers für den Hund. Sie sollten sich - gediegener ostpreußischer Grundsatz - »wie zu Hause« fühlen.

Pokorny stärkte sich unverzüglich. Er griff nach dem »Bärenfang«, beroch ihn, nickte kennerisch und trank davon. Dann schien ihn ein mit Kümmel versetzter »Weißer« magisch anzuziehen, ein noch wesentlich hochprozentigeres Gebräu; ein flüssiges Feuer! Muckel blinzelte besorgt, und auch Siegfried zeigte sich angesichts derart unternehmungsfreudiger Genußbereitschaft ein wenig beunruhigt. »Du trinkst zuviel«, mahnte er den Freund.

»Du bist wohl neidisch, Siegfried - weil du so gut wie gar nichts vertragen kannst! Macht aber nichts, ich saufe für uns beide. Und immer auf dein Wohl!« Pankraz, der sich als urwüchsiger, erdverbundener Bauer fühlte und sich gern widerborstig und ungehobelt gab, betrachtete Siegfried mehr als einen feinsinnigen Viehzüchter - eine Unterscheidung, die ziemlich fragwürdig war. »Du muß es ja eigentlich längst schon wissen: Je mehr ich saufe, desto klarer denke ich.«

Seelinger bemühte sich, verständnisvoll zu lächeln. »Und was, Pankraz, denkst du dir diesmal?«

»Eine ganz verrückte Sache, mein lieber Freund. Wie Mühlsteine gehen mir die Gedanken im Kopf herum, aber die bekomme ich schon noch in die richtige Reihenfolge. Ich war heute, mußt du wissen, bei Hermine Bartosch – und die hat mir ein paar Andeutungen geflüstert, die mich verdammt neugierig gemacht haben.«

»Stärken wir uns erst einmal«, empfahl Seelinger bedächtig. »Ein leerer Magen macht kein volles Hirn. Schnaps allein schon gar nicht.«

Genau zum richtigen Zeitpunkt trug nun Frau Olga die von ihr angekündigten »bescheidenen kalten Platten« auf. Diese übertrafen selbst Pokornys hochgeschraubte Erwartungen.

Auch Muckel, dem Hund, war anzusehen, daß er ebenfalls hell begeistert war über den Anblick, der sich ihm bot. Da waren fettglänzende Würste in verlockenden Farben: Fleischrot, Blutdunkel, Lebergrau. Da gab es geräucherten und gekochten Schinken in dekorativen großen Stücken. Da leuchteten Hügel aus Sülze, die überhaupt nicht wabbelig wirkten, also offensichtlich fest von Fleisch waren. Da lagen zwei mächtige Brocken Käse, Tilsiter und Edamer. Und da lockte schließlich noch eine Silberschale voller Marzipan, gebacken von Geelhaar in Königsberg.

Pankraz Pokorny wartete gar nicht erst auf die in Ostpreußen betont gepflegte »Nötigung«, sondern langte voll zu, mit beiden Händen zugleich. Trotzdem vergaß er es nicht, auch Muckelchen zu betreuen, soweit ihm nicht schon Siegfried und dessen Dame Olga zuvorgekommen waren.

Das Muckeltier hatte große glänzende Augen bekommen. Und Pankraz schnaufte vor Wonne; mit der rechten Hand führte er die stets gefüllte Gabel, in der linken hielt er jeweils eine der zahlreichen Schnapsflaschen.

Siegfried betrachtete den Freund fast so wie einst in den gemeinsamen Kindertagen, als Pankraz immer nur zu wünschen schien, bei jeder sich bietenden Gelegenheit der Beste, der Stärkste, der Größte zu sein. Nichts gäbe es, so hatte er behauptet, was er nicht vertragen könne – ob nun bei Leib oder Seele. Und offensichtlich legte er auch heute Wert darauf zu beweisen, daß er sich keineswegs geändert habe.

Schließlich hielt Seelinger es für angebracht, die anscheinend unstillbare Freß- und Sauflust ein wenig zu bremsen, indem er »zur Sache« kam – obwohl ihm noch nicht ganz klar war, wohin das führen würde. »Du hast dich also endlich einmal mit Hermine unterhalten«, begann er. »Sicher wäre es gut gewesen, wenn du das schon etliche Jahre früher getan hättest. Dabei hat sie dir einiges angedeutet beziehungsweise, wie du dich ausdrücktest, ›geflüstert‹. Was war das denn?«

»Na, sie hat gemeint, du weißt hier so gut wie alles und kannst mir vermutlich auch sagen, wer der Vater ihrer Elfriede ist.«

Siegfried Seelinger sah den Freund ungläubig an. »Das soll Hermine tatsächlich gesagt haben? Kann ich mir nicht vorstellen! Derartige Deutlichkeiten traue ich ihr nicht zu. Sollte sie wirklich und wahrhaftig erklärt haben: Ich weiß – vielleicht sogar ganz genau –, wer der Vater ihrer Tochter ist?«

»Mensch, Siegfried! Versuch doch nicht immer gleich mit Worten herumzujonglieren, sie hin und her zu wenden und zu drehen!« Pankraz schnaufte schwer und mußte erst einmal die soeben verspeisten Blutwurstbrokken mit Wacholderbeerschnaps hinunterspülen. »Klar, Hermine hat nichts absolut Direktes von sich gegeben. Hat die sich doch nie geleistet – und mir gegenüber schon gar nicht; auch diesmal nicht. Doch immerhin: Ein paar ganz dicke Andeutungen sind gefallen. Darunter auch diese: Du – und nur du! – kannst mich aufklären, in der gewissen Hinsicht. Falls du das willst, nichts dagegen hast . . .«

»Na, und wogegen meinst du – sollte ich nichts haben?«

»Mir zu sagen, wer der Vater ihrer Elfriede ist. Wenn ich es nicht bin – wer aber dann! Verdammt noch mal, Siegfried, nun rück doch endlich mal raus mit dem, was du weißt – du Geheimniskrämer.«

»Geheimnisse, hat schon mein Vater gesagt, sollten das auch bleiben – wer sie zu entschleiern versucht, entblößt damit oftmals nur sich selbst.«

»Na, Siegfried – was soll denn das! Willst du mich einnebeln, ablenken, mit Schauermärchen für dumm verkaufen? Sieht fast so aus.« Worauf ihn ein Einfall überfiel, gleichsam bei ihm einschlug wie ein Blitz aus heiterem Himmel. »Habe ich womöglich anzunehmen, daß du es gewesen bist? Du!«

»Na, und wenn es so wäre, Pankraz«, ganz gelassen sagte er das. »Was dann?«

»Ich höre wohl nicht richtig – das gibst du zu!« Pokorny brauste nun auf, und das mit einer Lautstärke, als befinde er sich auf freiem Feld. Das Muckelchen blickte leicht erschreckt von seinem saftigen Kochschinken auf. »Heißt das tatsächlich, daß du . . . damals . . . mit ihr, hinter meinem Rücken . . .? Eine Schweinerei, Mensch! Einem Freund gegenüber! Aber da kann man mal wieder sehen, was auf dieser Welt so alles möglich ist.«

»Langsam, mein Pankraz, nur langsam voran auf solchen schweren, lehmigen, unbefahrenen Pfaden; die sind selbst von allerbesten Zugochsen nicht gleich beim ersten Anlauf zu schaffen. Bleib ganz ruhig, überleg dir genau, was auf dich zukommen könnte, sogar mit Sicherheit wird, wenn ich meine Vaterschaft bestätigen sollte.«

»Ausgekochte Ausflüchte, was? Sieht dir ähnlich!«

»Nichts dergleichen, Pankraz. Etwas ganz anderes ist dabei wesentlich wichtiger – für unsere gemeinsame Welt. Was wird geschehen, wenn herauskommt, daß Hermine Bartosch sich mit einem Juden eingelassen hat! Solch ein Kerl also, wird dann gesagt werden, ist der Erzeuger ihrer Tochter Elfriede – und diese heiratet dann noch zu allem Überfluß in die wohlhabende Familie Pokorny ein. Welch ein ausgekochter, hinterhältig berechnender Schachzug dieser jüdischen Sippschaft! Eine Behauptung, die fürchterliche Folgen haben kann - nicht gleich; vielleicht später oder früher, als wir denken. Denn schließlich befinden wir uns in Deuschland - Ostpreußen gehört dazu!«

»Ach, komm mir doch nicht immer wieder mit deinem selbstquälerischen semitischen Seich! Na schön, du bist ein Jude - aber eben unser Jude; und noch dazu mein Freund. Deine Familie gehört seit Generationen zu uns, zu unserem Land. Bodenständig wie der Wald, unzerstörbar wie der Bärensee, unabtrennbar wie das Getier.«

»Ja, Pankraz; ich weiß, daß ich dein Freund bin. Ich weiß auch, daß du in jeder Beziehung bereit bist, mir zu helfen und mich zu beschützen; wofür ich dir dankbar bin. Dennoch gibt es andere Menschen - gar nicht wenige -, die nur allzu gewillt sind, in mir nichts als einen Juden zu sehen, ein fremdartiges, wenn nicht gar feindliches Element. Das geschieht zunächst noch heimlich wie hintenherum, doch später oder früher werden sie mich dann nur noch als einen Juden bezeichnen. Und mit so einem darf sich deine Familie auf keinen Fall einlassen.«

»Ist doch barer Unsinn, mein geliebter Jude! Vergiß niemals, was und wer du hier wirklich bist: einer der maßgeblichen Großgrundbesitzer und erfolgreichsten Viehzüchter unseres Landes; also nicht weniger wichtig, als ich es bin. Darauf solltest du stolz sein. Und ich bin es mit dir!«

»Laß dich nicht leichtfertig auf fatale Familienverhältnisse ein, mein Pankraz. Laß es nicht soweit kommen, daß dein Pokorny-Hof als jüdisch verseucht erklärt und beschimpft werden kann. Das solltest du dir nicht leisten.«

»Das will ich aber, kann ich auch, muß es sogar!« Pankraz demonstrierte willigste Entschiedenheit. »So hält mich nichts davon zurück, dich noch einmal zu fragen, dich aufzufordern, nunmehr eindeutig mit ›ja‹ oder ›nein‹ zu antworten. Also, bist du der Vater, der Erzeuger von Elfriede?«

»Wenn ich nun tatsächlich ›ja‹ sage, Pankraz – was würde dann geschehen?«

»Dann bin ich verdammt glücklich! Weil hier nämlich alles in allerbester Ordnung ist. Dann kann mein Sohn deine Tochter heiraten, womit auch zugleich mein Erbe gesichert ist – Mensch, Siegfried, Mann! Mein Gott, ich danke dir . . . oder auch deinem Jehova!«

Pokorny schnaufte schwer, unendlich erleichtert, als habe er mühsamste Lasten endlich abwerfen können. Was ihn allerdings nicht davon abhielt, grollend festzustellen: »Daß du, Siegfried Seelinger, ein ganz elendiger, hinterhältiger Hundesohn bist, ist mir jetzt endgültig klargeworden. Entschuldige bitte, mein Muckelchen; eine derartige Feststellung hat nichts mit dir zu tun; mußte aber einfach ausgesprochen werden. Da hast du nun also, mein ehrenwerter Seelinger, wieder einmal mehr versucht, mich zu bescheißen. Du also bist es gewesen, der damals bei Hermine eingestiegen ist, der mich bei ihr verdrängt hat. Schämst du dich denn nicht, daß du mir so was angetan hast?«

»Schämen soll ich mich – na, warum denn wohl?« sagte Seelinger nicht ohne Heiterkeit. »Hermine hat dich damals abgewimmelt, doch nur wenig später auch mich. Die ist nun mal ein ganz und gar eigenwilliges Weib, fast noch schlimmer als wir beide zusammengenommen. Doch immerhin ist das, was mir dabei gelungen ist, wahrlich als recht beachtlich einzuschätzen – das mußt sogar du zugeben! Meine Elfriede ist eine einzigartige, herrliche, in sich selbst ruhende, wunderschöne, vollkommene, junge Frau. Ich bin mächtig stolz auf sie.«

»Nicht unberechtigt, wahrlich nicht unberechtigt«, pflichtete Pankraz ihm bei mit schwerer Zunge, um dann einzugestehen: »Dabei ist mir verdammt schlecht geworden. Derartige Neuigkeiten sind verflucht schwer zu verdauen; lassen sich auch nicht einfach hinunterspülen. Ich benötige dringend frische Luft!«

Sichtlich mühsam stellte er sich auf seine ziemlich steif

gewordenen Beine; schwankte dann hinaus auf den Balkon. »Verbitte mir jede Begleitung!« hatte er gerade noch so sagen können.

Siegfried blickte ihm besorgt nach. Er glaubte seinen Freund einigermaßen zu verstehen. Das war wohl selbst für den einfach zuviel gewesen an seelischer Erregung, an schwerwiegenden Erkenntnissen; und gewiß auch zuviel an »geistigen« Genüssen, die ursprünglich - nur in kleineren Mengen - zur Besänftigung gedacht waren. Muckel allerdings, der seinen Freund Pokorny noch weit besser verstand als jeder andere, erkannte instinktsicher: Jetzt wollte der tatsächlich allein sein und auch bleiben. Eine ungemein günstige Gelegenheit also, sich selbst zu versorgen: Der kleine Hund machte sich völlig ungestört über den gekochten Schinken her.

Pankraz Pokorny aber stand, tief atmend, auf dem Balkon, wie berauscht von schweren Glücksgefühlen - vom gehaltvollen »Bärenfang« und sonstigen Wässerchen vermutlich auch. Eine seiner Hände, die linke, preßte er auf die Brust; dorthin, wo sein Herz nun mächtig schlug - mit der anderen wischte er sich den herabrinnenden Schweiß aus dem glänzenden Gesicht. Er blickte auf den »bestirnten Himmel über sich«, wie weiland Kant - was er allerdings nicht wissen konnte. Auch das dazugehörige »Gewissen in ihm« bereitete ihm kaum sonderliche Beschwerden. Er war seiner sicher wie selten!

Doch immerhin: Er weinte! Wobei sich dieser mächtige Mann seiner Tränen nicht zu schämen brauchte. Denn niemand sah ihn! Nun war wohl diese reine Welt endlich wieder in Ordnung - jedenfalls für ihn, glaubte er.

Einige Zeit danach erschien Pankraz Pokorny wieder im großen Bibliotheksraum. Wobei er zunächst seinem Mukkelchen zunickte, das wohlig gesättigt vor sich hin blinzelte. Sodann schlug er Freund Siegfried mit kraftvoller

Herzlichkeit auf die schmalen Schultern und ließ sich erneut an dem noch immer verlockend gedeckten Tisch nieder.

Nun schien er bereits wieder ganz »der alte« zu sein. Wohl schwankte er noch leicht, doch seine Stimme dröhnte so kraftvoll wie eh und je: »Also, mein Siegfried! Da nun das Wesentliche geklärt ist, werden wir jetzt mal große Nägel mit stattlichen Köpfen machen!«

Was er darunter verstand, verstanden wissen wollte, sollte unverzüglich klargemacht, geklärt werden. »Fest jedenfalls steht jetzt, ist gewissermaßen als amtlich zu bezeichnen, daß du laut höchsteigenem Bekenntnis der Vater von Elfriede bist.«

»Ja, Pankraz. Doch immer noch vorausgesetzt, daß du weißt, worauf du dich damit einläßt. Bedenke das gut. Immer wieder. Denn ich bin nun mal Siegfried Seelinger, ein Jude.«

»Und ich bin Pankraz Pokorny, ein Bauer! Und wir beide sind Ostpreußen.« Womit er glaubte, alle künftigen Probleme vom Tisch gewischt zu haben. Jedes weitere Geschwätz war unnötig.

»Außerdem bin ich der Vater jenes Mannes, der deine Tochter zu ehelichen beabsichtigt. Dazu hat der nun meinen Segen – erkläre ich hiermit feierlich. Und ich frage dich, Siegfried: Stimmst du dieser Verbindung zu – zwischen deiner Elfriede und meinem Emanuel?«

»Nun ja, wenn auch . . .«

»Jetzt kein Wenn und Aber mehr – nur noch ein ›ja‹! Also?«

»Gut, dann stimme ich zu . . .«

»Also kann das nunmehr geschehen. Wobei ich annehme, Siegfried, daß du genau weißt, was das zu bedeuten hat, mal ganz und gar praktisch gesehen?« Eine nahezu lauernd gestellte Frage, die sich anhörte, als habe da eine Art Raubritter gesprochen, ein irgendwie freudig – richtiger wohl: schadenfreudig gestimmter Wegelagerer der Oberklasse.

Seelinger, mit den landesüblichen Gepflogenheiten und Bräuchen durchaus wohlvertraut, erkannte unverzüglich, worauf Pokorny damit hinweisen wollte: So ein »Vater der Braut« hatte nun mal seine Pflichten und Verpflichtungen. Der war für die »Mitgift« zuständig, für die »Ausstattung«, auch für die »Ausrichtung« der Hochzeit. Was, den örtlichen Traditionen entsprechend, ein Vermögen kosten würde. Nicht seins.

»Aber ich bitte dich, Pankraz! Das ist doch wahrlich kein Problem.« Sollte wohl heißen: Nicht für ihn, einen Seelinger. »Für meine liebe Tochter ist mir selbstverständlich nichts zu teuer. Das wird, muß eine Hochzeit werden, von der – und darauf bist du ja wohl ebenfalls aus – noch unsere ostpreußischen Kinder und Kindeskinder entzückt berichten werden.«

»Womit ich einverstanden bin. Sehr einverstanden!« Pokorny entkorkte eine der zahlreichen bereitstehenden Flaschen. Diese enthielt ein Spezialgebräu von Peter-Paul, welches hinsichtlich seiner so gut wie garantierten Wirksamkeit allerhöchste Erwartungen erfüllte: eine Mischung aus sechzigprozentigem Alkohol, Honig, Sahne und konzentriertem Kaffee. So was wurde hier »Met« genannt; in Anlehnung an jenes sagenumwobene germanische Göttergetränk. Welches jedoch damit verglichen kaum mehr gewesen sein konnte als Pferdepisse – nun ja, sagen wir: Stutenmilch.

An diesem Teufelstrank labte sich Pankraz freudig, mit genußvoll geschlossenen Augen, als gedenke er nie mehr aufzuhören. Muckel blickte leicht verschämt zur Seite. Und Siegfried faltete andachtsvoll seine Hände, als versuche er zu beten – was jedoch wohl kaum zu befürchten war.

»Jawohl!« röhrte Pokorny, wobei er offenbar bemüht war, seine letzten Kräfte zu mobilisieren. »Eine Hochzeit sondergleichen! Wie Blitz und Donner bei strahlendem Sonnenschein. Mit Fackelzügen und Schwebetänzen unterm Vollmond. Bärenwalde als Schlaraffenland – als ein

Paradies voller Äpfel, aber ohne Schlangen. Eine Hochzeit wie im Märchen, kaum im Traum vorzustellen – doch auf deine Kosten. Und auf meinem Hof! Das muß sein, Siegfried, darauf bestehe ich. Davon lasse ich mich nicht abbringen. Klar?«

Das war klargestellt, ganz ohne jeden Zuweifel. Wobei jedoch Pokorny eben in diesem Augenblick gar nicht mehr als ganz »klar« zu bezeichnen war. Er erhob sich zu seiner vollen Größe, schwenkte seine Flasche triumphierend wie eine Fahne – um sodann, wie überwältigt von seinen Glücksgefühlen, dahinzusinken.

Er fiel. Rollte unter den Tisch. Blieb dort regungslos liegen. Das Muckeltier beschnupperte ihn gründlich, um dann leicht murrend zu erkennen: Der Mensch war besoffen. Total.

Vor der nun unvermeidbaren, großen, festlichen Hochzeit war zunächst ein anderes Problem zu lösen: das Begräbnis von Friedrich-Wilhelm und Paula. Der fleißige und diesbezüglich einfallsreiche Geistliche nahm diese Angelegenheit – beflügelt durch das versprochene doppelte Honorar bei verkürzter Zeremonie – gern in die absegnungsbereiten Hände. Er mobilisierte alle Helfer und Helfershelfer, die für eine geordnete Abwicklung erforderlich waren.

Dabei mußten einige spezielle Wünsche berücksichtigt werden. Zum Beispiel wußte der Pfarrer, daß auch der Gendarm und der Arzt Wert darauf legten, bei der Vorbereitung und Organisation des Doppelbegräbnisses ein großes, von ihnen für gewichtig gehaltenes Wort mitzureden. Das wurde ihnen auch durchaus gegönnt. Die Hauptsache schließlich war, daß ihm, dem Seelenbesorger, das entscheidende letzte Wort zustand.

Da gab es auch Fragen, heikle, die noch vor der Grablegung geklärt werden mußten. Etwa: Hatte Paula Pokorny Selbstmord begangen? Falls derartiges behauptet, vielleicht sogar nachgewiesen werden sollte, dann allerdings würde das nach alten kirchlichen Überlieferungen eine Bestattung am äußersten Rande des Friedhofs erforderlich machen! Womit aber auch die honorarpflichtige christliche Absegnung ausfallen müßte.

Ähnlich verhielt sich die seelsorgerische Sachlage beim zweiten Begräbnisauftrag. Auch hier drohten Komplikationen; falls nämlich seitens der Polizei der zwingende Verdacht aufkommen sollte, Friedrich-Wilhelm habe einen Mordversuch unternommen und sei dabei selbst umgekommen, konnte das bei Gott peinlich werden.

Es war also gewiß ein anzuerkennender und sich auszahlender Verdienst der geistlichen Fürsorge des Pfarrers, daß nichts davon – nicht einmal andeutungsweise – in das öffentliche Bewußtsein drang. Der Doktor bestätigte erneut, sogar schriftlich: eine unselige Verkettung beklagenswerter Zufälle. Und der Gendarm leistete es sich, unbeirrt bei seiner Sicht der Dinge zu bleiben: Jawohl, lediglich ein Unfall; wie er nun mal in ländlichen Betrieben immer wieder vorkommt, zumal bei forstwirtschaftlichen Unternehmungen.

Womit sie sich also wieder mal einig waren: Kirche, Justiz und Wissenschaft sozusagen Arm in Arm, wie sich das ja wohl auch gehörte, wenn es um das Ansehen, um das Wohl der Gemeinschaft ging. Und dies war hier ohne Zweifel der Fall. Außerdem war zu berücksichtigen, unbedingt, auch das war in Bärenwalde Tradition, daß auf ein christliches Begräbnis ein bäuerlicher Leichenschmaus folgen mußte. Bewährteste Bräuche – na, wer würde es da schon wagen, solche Errungenschaften zu gefährden?

»So ist das nun mal bei uns«, sagte Pankraz zu seinem Sohn Emanuel. »Und so soll es auch bleiben. Du, mein lieber Junge, wirst dafür sorgen, daß nach dem schlichten und würdigen Begräbnis ein leckeres, aber auch reichliches Essen stattfindet. Organisiere das im Gasthaus; die sollen alles herausrücken, was Küche und Keller hergeben – das dürfte sich sehen und munden lassen. Doch keine

Sorge: Das überbieten wir dann noch bei deiner Hochzeit!«

»Bei meiner – was?« Emanuel starrte seinen Vater an, als habe der sich soeben in ein schneeweißes Märchenpferd mit zwei Hörnern verwandelt. »Sagtest du Hochzeit? Meine? Hat das zu bedeuten, daß ich Elfriede heiraten darf?«

»Na, wen denn wohl sonst! Da staunst du, mein Jungchen, über deinen Alten, was? Hast wohl geglaubt, ich bin ein Unmensch? Von wegen! Jedenfalls ist das nun klar, steht fest, wird gemacht – bleibt aber vorläufig noch unter uns. Wie es sich bei uns nun mal gehört, kommt eins schön nach dem anderen; Fest nach Fest. Zunächst einmal bringen wir zwei unter unsere Erde; danach dann zwei in ihren Himmel, den sogenannten.«

Und so geschah es. Hochwürden Bachus jedenfalls war sich seiner Verantwortung voll bewußt; er hielt sich einigermaßen genau an die Anordnungen von Pankraz Pokorny, die ihm dessen Sohn Emanuel übermittelt hatte. Dies war übrigens, mußte der Pfarrer verwundert feststellen, nicht gerade mit dem Ausdruck angemessener Trauer geschehen, sondern eher mit einer kaum unterdrückten Munterkeit.

Mein Gott, diese Pokornys waren reichlich unberechenbare, schwer zu durchschauende Leithirsche. Nun röhrte dieser sonst so angenehm gutmütige Sohn bereits schon so ähnlich wie sein Alter durch die Gegend.

Die beiden Särge mit den Verstorbenen standen bereits geschlossen vor dem Altar. Die Gruben waren ausgehoben worden in guter Lage auf dem Friedhof bei der Kirche. Die Kranzspenden entsprachen der örtlichen Bedeutung des Ereignisses und machten einen stattlichen Eindruck. Nun mußten die lieben Toten nur noch abgesegnet werden.

Kurz vor der eigentlichen Zeremonie erschien Peter-Paul Pokorny, der Waldmensch. Eingehüllt in eine dunkle, stark strapazierte, deckenartige Bekleidung, tappte er in die Kirche. Ohne irgend jemanden zur Kenntnis zu nehmen, bewegte er sich auf die Särge zu. In seinen Händen hielt er zwei frisch geschnittene Zweige; der eine, von einer Eiche stammend, war für Friedrich-Wilhelm bestimmt – der andere, ein Efeuzweig, Paula zugedacht. Einige Minuten lang stand Peter-Paul da, stumm und steif. Vielleicht betete er – wer weiß? Dann ging er wieder. Zurück in seinen Wald.

Gleich danach füllte sich die Kirche. Der Andrang war groß. Erstaunlich viele Einwohner von Bärenwalde wollten Anteil nehmen. Einmal, weil sich das hierzulande so gehörte – eine letzte Ehrung mußte sein! –, zum anderen aber auch des angekündigten festlichen Leichenschmauses wegen. Im Gasthof »Zur guten Einkehr« schmorten bereits seit dem frühen Vormittag diverse Braten in Tiegeln, Töpfen und Pfannen. Die dabei erzeugten Duftwolken wehten über die schmale Dorfstraße hinweg bis zum Friedhof, wo sie einen gar nicht geringen Teil der Trauergäste in einen Zustand sehnsuchtsvoller Erwartung versetzten.

Als dann die trauernde Gemeinde bei den offenen Gräbern stand, den davor niedergesetzten Särgen, fühlte sich wohl jeder der Teilnehmer gleichsam wie ein Glied einer großen, eng zusammengehörenden Familie. Und Pankraz Pokorny sah aus wie deren Oberhaupt; eine Art Urvater. Unmittelbar hinter ihm hatte sein Sohn Emanuel Aufstellung genommen, sichtlich hochgereckt und stolz erhobenen Hauptes.

Einer jedoch fehlte: das Muckeltier. Den hatte Pankraz kurz vor dem Kirchenportal dem munter und aufmerksam dastehenden Knaben Karl übergeben. Und das mit den gönnerhaft gemeinten Worten: »Wenn du meinen Kleinen betreuen willst und der nichts dagegen hat . . .«

»Hat der nicht, glaube ich.«

»Also dann – nur zu, mein Jungchen! An sich hätte ich ja mein liebes Muckelchen ganz gerne mit auf den Friedhof genommen; aber ich bin mir nicht sicher, wie der sich dort aufführt. Womöglich pinkelt er Kränze an, zwar verständlich nach Lage der Dinge, doch in dieser Situation wohl kaum angebracht.«

Alles in allem durfte diese Begräbniszeremonie durchaus als erhebend angesehen werden. Dic Gäste wahrten Würde, und der Geistliche befleißigte sich im Vergleich zu seinen sonstigen triumphalen Auftritten einer geradezu sympathischen Zurückhaltung. Immerhin wußte er, ließen sich auch nur mit je einem einfühlsamen Gebet vor und nach der Grablegung anrührende Wirkungen erzielen; darauf verstand sich der Pfarrer.

Wobei er es selbstverständlich nicht versäumte, in seine wohlklingenden Predigerworte auch Pankraz Pokorny mit einzubeziehen.

Erklärend, aufklärend, abklärend würdigte er die tiefe Bestürzung eines Vaters sowie eines Bruders, der unter dem Verlust der ihm liebsten Menschen leidet. Auch Emanuel wurde nicht übersehen, ergriffene Trauer wurde ihm bescheinigt.

Es fehlte nicht einmal der Hinweis auf das »Schicksal«, welches zwar unendlich beklagenswert sei, aber dennoch getragen werden müsse – im Vertrauen auf Gott. In der Stärke des Glaubens. In Hoffnung auf Erlösung. Und so was.

Ungemein bewundernswürdig und bemerkenswert der Anblick des Pankraz: In feierlicher Pose stand er da, wie eingehüllt, ja geradezu emporgehoben von den beschwörenden Worten und Gesten des Geistlichen. Solange es hier noch, schien der deutlich zu machen, Menschen gab wie diesen Pokorny, war Bärenwalde nicht verloren!

Zu allem Überfluß ertönte sodann von jenseits der Friedhofsmauer eine weithin hallende Chordarbietung; eine ganz besondere, es wurde nicht gesungen, sondern gesprochen, also rhythmisch hervorgebrüllt. Eine im doppelten Begräbnishonorar einbegriffene Leistung:

Gedenket unserer höchsten Güter,
der Heimat, unserem Vaterland,
wie das die Mutter euch gelehret,
sie hielt euch zärtlich an der Hand.
Und fragt ihr nach den schönsten Worten,
die unsre deutsche Sprache jemals fand,
dann ist die Antwort: Mutterliebe.
Die Heimat und das Vaterland.

»Das dürfte reichen!« stellte Pankraz Pokorny fest, mit weithin über den Friedhof hallender Lautstärke. »Die Braten warten – wollt ihr die etwa anbrennen lassen?«

Was hier wahrlich niemand wollte. Da sei Gott vor – oder wer auch sonst. Also wurden nun unverzüglich die letzten Formalitäten dieser Grablegung vollzogen. Der Geistliche sprach ein abschließendes Gebet – und dann waren die Teilnehmer dieser Trauerfeier entlassen. Sie durften sich zum Gasthof begeben, strömten dorthin.

Sie erhielten genau das, was sie sich erhofft hatten – sogar in verschwenderischen Mengen. Weder abgelenkt durch Musik oder Gesang, noch gestört von Ermahnungen oder Reden, mampften sie die Pokornygaben in sich hinein. Spülten kräftig nach, langten erneut hin. Wollten nichts von all den angebotenen Schätzen auslassen. Schmatzten sich wohlig etwas vor.

Was ihnen um so leichter fiel, da ihnen Pankraz – der so prächtig verlockend »nötigen« konnte, wie sonst keiner hier – immer wieder aufmunternd zurief: »Genießt das alles, meine Freunde! Strengt euch an, mich arm zu fressen – gelingen wird euch das kaum. Jetzt jedenfalls noch nicht.«

Was eine Ankündigung nach ihrem Herzen war; sie reagierten einfühlsam, wie immer, wenn es sich um ihre erklärte Lieblingsbeschäftigung handelte. »Jetzt nicht – wann dann? Später – wieviel später?«

»Bald, sehr bald schon wird hier ein noch viel größeres, schöneres, besseres Fressen auf euch zukommen. Ein Fest der Feste! Eine Hochzeit! Spart eure Kräfte auf bis dahin. Denn verglichen mit dieser Hochzeit wird alles andere, was ihr bisher in eurem ostpreußischen Dasein erlebt habt, nichts weiter mehr sein als ein müder, armseliger, bedeutungsloser Abglanz.«

»Tatsächlich, Pankraz? Sagst du das nur so – oder meinst du das auch?« fragten sie hoffnungsvoll.

»Was ich sage, sage ich! Und ich rate niemandem, das zu bezweifeln. Ein Fest sondergleichen wird stattfinden! Und ihr alle seid dazu eingeladen. Freut euch darauf.«

Wozu sie bereit waren – na und wie!

Diese Hochzeit, nunmehr also angekündigt und geplant als ein Fest ohne jedes Beispiel, bedurfte eingehendster Vorbereitungen. Das wahrhaft Große war wohl kaum denkbar ohne Gründlichkeit. Nicht in Ostpreußen.

Dabei verging kaum ein Tag, an dem nicht die Freunde Pankraz und Siegfried ihre dicken und klugen Köpfe mit den großen Nasen zusammensteckten. In bisher noch nie erlebter, kaum für möglich gehaltener Eintracht wandelten sie gemeinsam dahin: durch das Dorf, über die Felder, in den Wäldern. Ihr einziger Vertrauter bei derartigen, vermutlich recht gedeihlichen Gesprächen war der Hund Muckel. Dessen Interesse allerdings an dieser Freundesverschwörung ließ alsbald nach. Er hielt Ausschau nach jemandem, der ihm eine ungleich unterhaltsamere Beschäftigung zu bieten versprach: nach Karlchen.

Bestrebungen, welche Pankraz keineswegs entgingen, zumal er sich selber da so seine Gedanken machte – über das weitere Schicksal dieses seltsam anziehenden Knaben Karl, des sogenannten Waisenkinds. Derartige Überlegungen gipfelten dann in einer ganz offen ausgesprochenen Forderung: Pokorny bestand darauf, daß Karlchen auch nach der Hochzeit bei »seiner Mama« blieb, also bei Elfriede. »Dieses Jungchen«, sagte er, »wird meine

Schwiegertochter begleiten, wenn sie bei mir Einzug hält. Das, Siegfried, ist einer der wesentlichen Punkte unserer Vereinbarung; worauf ich bestehe.«

Seelinger sah offenbar keine Veranlassung, sich sonderlich gegen ein solches Verlangen zu sträuben. Einmal Muckels und Karlchens wegen nicht. Dann aber auch, weil er dadurch, gewissermaßen im Gegenzug, seinen wohl eigenen wichtigsten Wunsch verwirklichen konnte: Mit Einwilligung von Pankraz würde er dessen Sohn Peter-Paul bei sich aufnehmen, ihn offiziell zu seinem Erben erklären. Eine verlangte Übereinkunft, welche entscheidend war für Siegfrieds weiteres großzügiges Entgegenkommen.

Kurz und gut jedenfalls: Eine Hochzeit wie diese – Pokornysohn vermählt sich mit Seelingertochter – mußte in jeder Hinsicht gründlich durchdacht sein. Denn da kam Geld zu Geld, Besitz zu Besitz, Macht zu Macht. Angesichts derartiger Konstellationen steigerte sich die freudige Stimmung Pankraz Pokornys bis zu mitreißender Begeisterung. Wobei gewiß auch eine Rolle spielte, daß er über die wohltuend-hoffnungsträchtige Entwirrung der Schicksalsfäden weit mehr als erleichtert war – das machte ihn glücklich.

Mit hochrotem Bärengesicht und krächzender Adlerstimme zeigte er sich nunmehr als unbezähmbarer An- und Verkünder jener Veranstaltung, welche welterschütternde Ausmaße anzunehmen drohte. Dabei ließ er nichts aus, wollte sich nichts entgehen lassen, war kaum noch ohne Schnapsflasche anzutreffen. Freund Siegfried war der einzige, der es wagte, ihm direkt gegenüber mit bewundernswerter Beharrlichkeit gewisse Andeutungen über den »Teufel« Alkohol zu machen.

»Manchmal redest du wie ein Pfarrer, also wie ein zweckentfremdeter Jude«, pflegte Pankraz dann munter zu antworten. »Doch bei uns ist guter Schnaps pure Medizin, ölt die Gelenke, fördert den Kreislauf und macht das Hirn frei.«

In diesem Zusammenhang kam er immer wieder mit wonniger Ausdauer auf das zu sprechen, was ihm dabei hauptsächlich am mächtig pochenden Herzen lag; und was als sein erklärter Wille in einzigartiger, unvergeßlicher Art und Weise verwirklicht werden sollte: eine Hochzeitsfestlichkeit sondergleichen! Eine freudig-fröhliche Freß- und Sauforgie mußte das werden, welche den beglückten Teilnehmern kaum noch Gelegenheit zum Verschnaufen ließe. So was war nun mal hier in Bärenwalde das Maß aller Dinge.

Doch solch ein Großfest verlangte dringend nach geschickten, umsichtigen, tüchtigen Helfern. Wobei sich Pokorny dazu verführt sah, ganz speziell an eine gewisse Person zu denken, die ihm unentbehrlich schien. Und deretwegen begann er alsbald seinen Freund Seelinger zu bedrängen: Und zwar handelte es sich um die Mutter seiner zukünftigen Schwiegertochter – also Hermine Bartosch, die Hebamme. Daß diese mit ostpreußischen Kochkünsten gesegnet war, darüber bestand kein Zweifel. Schließlich hatte er selbst sich mal früher davon überzeugen können; nur kurz, doch intensiv. Doch ein Hinweis darauf von ihm, erkannte er gerade noch rechtzeitig, wäre wohl kaum angebracht.

»Also, mein Siegfried, willst du bei der nicht mal vorfühlen? Kannst du dir leisten – du schon. Schließlich warst du ja deren ... bei der ... na, was auch immer! Mach das also – aber sei vorsichtig, äußerst vorsichtig! Muß man bei der sein.«

»Weiß ich, Pankraz. Aber das, was du von mir erwartest, habe ich bereits getan.«

»Tatsächlich? Na, schau mal einer an! Kann mir aber schon denken, was dann passiert ist. Dieses weibliche Monstrum hat dir glatt angedroht, dir eine runterzuhauen. Die hat so was als Zumutung bezeichnet, wie?«

»Hat sie!« nickte Seelinger. »War ja auch nicht anders zu erwarten. Aber dann habe ich auf sie eingeredet wie auf ein Springpferd vor der letzten großen Hürde. Und sie hat

Zustimmung genickt. Und dann allerdings etliche Zugeständnisse gefordert.«

»Sieht der verdammt ähnlich - diesem prächtigen Satansbraten! Was hat sie denn von dir verlangt - meinen Kopf?«

»Auf den, Pankraz, legt sie offenbar keinerlei Wert. Was sie gefordert hat, ist dies: Sie will völlig freie Hand haben, verbittet sich also jede Einmischung von dir. Habe ich ihr zugestanden, worauf sie nicht abgeneigt war, für die Hochzeit zu kochen, und zwar gemeinsam - darf ich dir nun ankündigen - mit meiner Haushälterin Olga.« Er genoß die beglückte Sprachlosigkeit seines Pankraz' sehr. »Die beiden haben sich übrigens bereits über die Aufteilung der dabei anfallenden Arbeiten verständigt. Und geeinigt. Sie werden Köstlichkeiten zaubern, wie sie in Bärenwalde - ach, was sage ich: in ganz Ostpreußen - noch niemals zuvor irgend jemand zu sehen und zu schmecken bekommen hat.«

»Hört sich verdammt gut an«, mußte Pankraz zugestehen. »Dann wird es an nichts mangeln.«

»Zumal auch noch darüber hinaus Peter-Paul bereit ist, für Getränke aller Art zu sorgen und sie auszuschenken. Auch das garantiert einzigartige Genüsse. Na, was sagst du nun, Freund?«

Pankraz Pokorny war regelrecht überwältigt. Er stöhnte vor Wonne, faltete die Hände und blickte himmelwärts, als habe er dem Herrn zu danken für erwiesene einzigartige Wohltaten. »Mein Gott!« rief er aus. »Das wird ein Fest, wie es selbst hierzulande noch niemals zuvor gefeiert wurde! Wenn auch unsere Misterzeuger, Milchabzapfer und Feldbesteller so was wahrlich nicht gerade verdient haben - vergönnt soll es ihnen dennoch sein!«

Daraufhin nahm er einen gewaltigen Schluck aus seiner stets vollen Pulle; und noch einen weiteren dazu. Er fühlte ungeahnte Erlebnisse auf sich zukommen, Berge von Freuden, verlockende Leckerbissen und Gaumenkitzel von wunderbarster Vollkommenheit. Mit dem verglichen konnte wohl alles, was da sonst noch zu erledigen sein mochte, nur noch mit kleinen Fischen bezeichnet werden.

Dazu gehörten auch, nach Pokornys Meinung – was noch so intensive Alkoholfluten nicht verschleiern konnten –, daß gewisse Schmarotzer der Gemeinschaft von dieser Hochzeit fernzuhalten waren – wie etwa der Veteranenverband, der Turn- und Sportverein, der Heimatverein auch. Schließlich waren ihm diese Verbände mächtig auf den Wecker gefallen; waren sie doch sogar bereit gewesen, anläßlich der Falschmeldung von seinem Tod eine »Pokorny-Leiche« zu besingen, noch dazu mit dämlichen Liedern. »Auf der Hochzeit meines Sohnes tanzt dieses Gesindel nicht!« schimpfte er.

Ein Verlangen, das von Siegfried Seelinger mit kaum verborgenem Lächeln akzeptiert wurde; weil das wirklich kein Problem war. Wohl war es unvermeidbar, eine solche Festivität mit volkstümlichen Elementen auszugestalten; da mußten nun mal muntere Reden, erhebende Gesänge, freudige Blasorchestertöne erklingen. Doch immerhin – außer den drei von Pankraz schroff abgelehnten Vereinigungen existierte hier ja auch noch eine vierte: die »Freiwillige Feuerwehr« mit dem sinnreichen Motto: »Gut Schlauch – gut Strahl!« Außerdem war es doch im übrigen so, daß die Mitglieder sämtlicher Bärenwalder Vereinigungen geradezu beliebig ausgetauscht werden konnten. Da es hier darauf ankam, mögliche Vergnügungen möglichst reichlich zu ergattern, gehörte auch so gut wie jeder zu jedem Verein.

Entfesselt vermutlich vom Alkohol, schien Pokorny fast süchtig zu sein – nach Komplikationen. Nach welchen auch immer – und ziemlich unergründbar, was er damit beweisen wollte. So etwa verlangte er, was sich durchaus ernsthaft anhörte, zu wissen: »Und was machen wir mit diesem Geistlichen? Der Kirchenknecht hat mich oft angeödet. Weißt du, was für ein Verlangen mich bei dem überkommt? Den in seinen breiten Arsch zu treten! Und das aus purer Dankbarkeit für sein seichtes Gesabbere bei jeder noch so banalen Gelegenheit.«

Für eine derartige Einstellung zeigte Seelinger zwar ein gewisses Verständnis, gab indessen höchst vorsichtig zu bedenken: »Für eine landesübliche Trauung ist der Pfarrer völlig unvermeidlich. Wobei mich in diesem Zusammenhang eine ganz andere Frage bewegt«, fügte er behutsam hinzu. »Was meinst du: Wird dieser Geistliche mich, einen Juden, als Brautvater akzeptieren?«

»Na – was denn sonst? Hier«, versicherte Pankraz, »wird einfach alles akzeptiert, was ich für richtig halte. Ich!« Das hieß wohl: Niemand sonst hat da noch was zu sagen!

Wobei er sich völlig ungestört fühlte. Er brauchte nun wahrlich auf niemanden mehr Rücksicht zu nehmen – nicht einmal auf sein Muckelchen. Das wurde recht liebevoll betreut von Karlchen.

Pokornys Tatkraft jedenfalls war ungebrochen, also auch nicht zu bremsen. Diese Hochzeit, das war für ihn beschlossene Sache, mußte und würde sozusagen die vollkommene Erfüllung seines Erdendaseins werden – was ja dann auch zutreffen sollte. Doch um das zu erreichen, was ihm da vorschwebte, bedurfte es des vollen Einsatzes seiner Persönlichkeit.

»Du, Doktor«, sagte er zu Breisgauer, dem Arzt, »wirst selbstverständlich zur Hochzeit erscheinen. Keinerlei Ausflüchte – du kommst! Wir benötigen einen Medizinmann, falls es jemandem dabei schlecht werden sollte. Vor lauter Wonnen.«

»Du, Baron«, sagte er zu dem adligen Großgrundbesitzer v. Bachwitz-Körner, »hast dir erlaubt, uns einen Glückwunschbrief zu schicken. Da hast du diesen Wisch wieder zurück. Deine herzlich getönten Wortgebilde hast du gefälligst höchstpersönlich von dir zu geben, sobald du bei der Hochzeitsfeier erscheinst. Oder fällt es dir etwa schwer, einem Juden vor aller Augen die Hand zu drükken, mit dem du doch ansonsten ganz dicke Geschäfte machst? Wobei ich zum Beispiel an die Geschichte mit meinem allerbesten Bullen denken muß; Mensch, Baron: Was bist du denn – ohne den? Also wirst du antanzen – klar?«

»Du, Pfarrer«, sagte er zu Hochwürden Bachus, »hast nichts zu tun, als deines Amtes zu walten, also das Brautpaar abzusegnen nach allen deinen Gottesregeln. Dabei kannst du von mir aus in deinem Gebäude kräftig jaulen und die Orgel betrampeln lassen. Aber sorge möglichst für viel frische Luft; mein Schädel verlangt danach. In voller Uniform – oder wie auch immer du deine Festbekleidung nennen solltest – wirst du beim Altar stehen. Und ich stehe vor dir, neben mir mein Sohn Emanuel. Dann aber wird der Vater der Braut, Siegfried Seelinger, seine von dir zu vermählende Tochter Elfriede herbeiführen ...«

»Aber ... aber ...« Bachus wand sich wie ein Wurm; ein allerdings sehr großer, wohl eine Art Lindwurm. »Da muß ich meine Bedenken anmelden. Ausgerechnet dieser ... dieser Seelinger!« Was hieß: dieser »Jude«; unmißverständlich.

»Mann, Pfarrer, was kannst du denn gegen ihn haben?« Pankraz fragte das lauernd; ein breitgewichtiger Bär mit bereits leicht erhobener Tatze. »Da ich doch nichts gegen ihn habe.«

Der Geistliche stotterte erneut etliche hinlänglich bekannte, immer wieder durchgekaute Argumente hervor: Als Mensch habe er selbstverständlich nichts, nicht das geringste gegen Herrn Seelinger – wohl aber einiges als offizieller Vertreter der christlichen Kirche. Schließlich seien es die Juden gewesen, die Christus, unseren Christus, gekreuzigt hätten. Und auch wenn Christus selbst ein Jude gewesen sein sollte, so doch immerhin einer, der sich im Namen des Herrn von dieser Mischpoke losgelöst habe; und wahrlich nicht zuletzt deshalb der Erlösung teilhaftig geworden sei. Im übrigen – und nun verwendete der Pfarrer eine Formulierung, die hier und in diesem Zusammenhang noch irgendwie neu war – handle es sich bei Siegfried Seelinger um einen Menschen fremder Rasse. Er sagte tatsächlich: Rasse!

»Auf so was scheiße ich!« stellte Pankraz Pokorny mit geradezu genießerischer Grobheit fest. »Was soll denn so ein Geschleime – ausgerechnet bei einem Christenmenschen mit angeblicher geistlicher Vollbildung! So was wie Rasse haben bei mir meine Pferde; wobei ich zugeben muß, daß Seelingers Pferde rein rassisch noch weit wertvoller sind als die meinen. Hierbei jedoch handelt es sich um Menschen – um Ostpreußen! Und zu denen gehören die Seelingers bereits seit einigen Jahrhunderten.«

»Nun ja, nun ja ... nichts für ungut, Herr Pokorny! Ich wollte da nur warnen, zu bedenken geben ... man soll nichts außer acht lassen, wollte ich sagen – verstehen Sie?«

»Ich verstehe genau, Gottesmensch! Nun hast du also dein ziemlich kleinkariertes Gewissen erleichtert, gelinde gesagt. Nehme ich zur Kenntnis. Doch jetzt weiter zur Sache: Der Vater der Braut wird also, wie besprochen, seine Tochter zum Altar führen, um sie deinem nun wohl doch gern gegebenen Segen auszuliefern. Und hinter den beiden schreiten blumenstreuend – was sicherlich ein sehr schöner Anblick sein wird – das Waisenkind Karlchen und mein Muckelchen.«

Der ohnehin bereits schon schwergeprüfte Seelsorger glaubte nicht richtig verstanden zu haben. Er hoffte geradezu, seinen ansonsten so ungemein feinen Ohren diesmal mißtrauen zu dürfen. »Was, bitte, haben Sie da soeben gesagt? Ich nehme an, ich habe mich geirrt: Ein Hund in der Kirche? In unserem Gotteshaus?«

»Na, warum denn nicht, du Dorfleuchter des Herrn!« Pankraz bewunderte sich in diesem Augenblick selbst; ›Dorfleuchter des Herrn‹ – dieses Bild war zu schön, das gedachte er sich nicht auslöschen zu lassen. Darüber sann er nach. »Mein Muckeltier jedenfalls«, sagte er sodann, »ist ein liebes kleines Wesen und kann sich, wenn es will, durchaus gesittet benehmen. Mit dem verglichen muten so manche deiner sonntäglichen Kirchenbesucher wie vor sich hin dösende Rindviecher an; und gelegentlich riecht es in deiner Kirche nach Schweinestall. Immerhin kann ich dir zumindest versichern, sogar garantieren, daß mein Muckelchen nicht gleich deinen Altar anpinkeln wird – es sei denn, ich fordere ihn dazu auf. Dann allerdings könnte es sogar passieren, daß er dort einen Haufen macht; einen ganz großen.«

Bachus wäre es nun wohl am liebsten gewesen, sich zurückzuziehen so weit wie irgend möglich; um in aller Stille zu beten. Doch das, mußte er einsehen, war ihm nicht vergönnt. So beugte er denn, sehr tief und offenbar unendlich ergeben, sein in Würden und Wissen bereits leicht ergrautes Haupt.

»Die Wege unseres Herrn«, bekannte er mehr sich selbst gegenüber, »sind wahrhaft unergründlich. Dennoch zögere ich nicht, auf ihnen voller Vertrauen zu wandeln.«

Möge der Herr ihm helfen.

Das große, inzwischen gründlich in allen Einzelheiten geplante Hochzeitsfest fand, in seinen wichtigsten Phasen, auf dem Pokorny-Hof statt. Zwei Tage waren dafür vorgesehen – mindestens zwei! Beginnen sollte es unmittelbar nach der kirchlichen Trauung, also in den Mittagsstunden eines Sonnabends, andauern über den Sonntag hinaus und vielleicht sogar – na hoffentlich – verlängert werden bis hinein in die Morgendämmerung des Montags.

Der Sommer jenes denkwürdigen oder eigentlich eher merkwürdigen Jahres 1930 neigte sich seinem Ende zu. Die Getreideernte, eine erfreulich gut geratene, war bereits weitgehend eingebracht worden. Die Kartoffel- und Rübenernte, gleichfalls vielversprechend, stand den stets fleißigen Bärenwaldern noch bevor. Die Tage waren nach wie vor sonnendurchglüht, in den Nächten brütete Backofenwärme.

Wobei nahezu sämtliche Einwohner von nur noch einem einzigen Gesprächsthema beherrscht wurden, von dieser »Jahrhunderthochzeit«. Das war ihnen angekündigt worden, und das wollten sie auch erleben. Kaum einer, der gewillt war, sich davon auszuschließen.

Dieser bedeutsame Tag begann sozusagen offiziell damit: Siegfried Seelinger, erklärter Vater der Braut, »holte seine Tochter ein«. Vier Pferde hatte er vor die dazugehörende Hochzeitskutsche spannen lassen – ein Anblick, wie er bisher noch niemandem in dieser Bärenwalder Welt vergönnt gewesen war: Trakehner von edelster Zucht, mit seidenweichem, dunkelbraunem Fell und weißen Flecken auf den Stirnen. Mit einem solchen einzigartigen Gespann fuhr Seelinger vor – vor das Bartosch-Haus. Elfriede stieg ein. Und dann rollte, trabte, schnaufte dieses Prachtgespann mit Vater und Tochter der Kirche entgegen – wenn es auch nur wenige Meter waren.

Dort lief dann gleichfalls alles ab – selbst erfahrenste ostpreußische Feste-Kenner wußten das zu würdigen – nach einer exakten Planung, welcher vermutlich Pokornys unbeirrbarer Einfluß anzumerken war. Der Geistliche bemühte sich erkennbar, würdevolle Worte zu wählen. Bei dem unvermeidbaren musikalischen Feiergetöse konnte wohltuende Zurückhaltung registriert werden – selbst Oberlehrer Schlaguweit orgelte pianissimo. Ein stimmungsfördernder Auftakt für die kommenden Akte dieses Heimatschauspiels!

Eine echte Attraktion, von Pankraz liebevoll arrangiert und dann von ihm nicht ohne Rührung mitverfolgt, war das Erscheinen von Karlchen und Muckelchen in der Kirche. Der Junge, im weißen Matrosenanzug, streute fleißig Blumen; der kleine Hund, dem eine blau-weiß-rote Schleife um den Hals gebunden worden war, tänzelte freundlich umher und blickte so stolz um sich, als habe er die Menschen im Gotteshaus – das nun auch das seine war – zu begrüßen. Und die Männer und Frauen von Bärenwalde erhoben sich von den Kirchenbänken, um besseren Überblick zu gewinnen und sich nichts entgehen zu lassen. Sie lächelten beglückt und waren kurz davor, zu applaudieren – einem Hund mit Knaben!

Nach der alles in allem recht gut geglückten Trauung strömten die Dorfbewohner, weiterer Erlebnisse gewärtig, zum Pokorny-Hof. Dort waren im großen Obstgarten breitflächige Tische und verhältnismäßig bequeme Bänke aufgestellt worden, die einigen hundert Menschen Platz boten.

Für die verstärkte Blaskapelle unter der Stabführung des Herrn Schlaguweit – die eingefügte Fiedlergruppe gehörte zur Organisation der freiwilligen Feuerwehr – war ein Podium errichtet worden, das die davor befindliche geräumige Tanzfläche überragte. Rückwärts in einigem Abstand davon waren sehr notwendige Kleinhäuser »für die Bedürfnisse« aufgebaut. Schicklich voneinander getrennt – Frauen links, Männer rechts.

Und dann war es soweit: Das Festmahl nahm seinen Anfang. Das heißt: Zunächst nur das erste! Fünf weitere Speisungen sollten noch folgen. Die Leistungen der von Hermine Bartosch und Frau Olga gemeinsam betreuten Küche stellten selbst höchste Ansprüche weit in den Schatten. Dort kochte, brodelte und schmorte es; da wurde gesotten, gebraten und gebacken. Und in eigens dafür errichteten Regalen stauten sich griffbereit die Zwischenmahlzeiten: kalte Braten, Würste und Schinken, aber auch Kuchen, Puddings und Süßigkeiten, bevorzugt Marzipan der Königsberger Art.

Kaum weniger beachtenswert waren die »Leistungen des Kellers«; hier konnte sozusagen von einer wahrlich umwerfenden Überzeugungskraft gesprochen werden. Verantwortlich dafür zeichnete Peter-Paul, der Pokorny-Sohn Nummer eins. Bereits in den frühen Morgenstunden hatte er einen vollbeladenen Kastenwagen herangefahren, inzwischen ein stattliches Zelt aufgebaut und hatte dort die kistenweise mitgebrachten Gaben – das nämlich war sein Hochzeitsgeschenk – ausgepackt und ausgebreitet. Und nun zog er hier alle Register seiner heimlichen und unheimlichen Kunst.

Sein »Klarer« war wie ein Fackelzug, der die verwöhntesten Kehlen wollüstig heiß befeuerte. Sein »Bärenfang« ließ selbst stärkste Männer vor Freude erbeben. Und bei seiner Spezialmixtur, »Bärenwalder Wasser«, verstummten sogar wortgewaltigste Redenschwinger – sie waren sprachlos vor Wonne.

Für die »lieben, verehrten Frauen« hatte Peter-Paul aromatisch duftende Liköre zusammengebraut; einen auf Brombeerbasis, einen anderen aus einer Mischung von Nüssen, Rosenblättern und Pfefferminzextrakt; letzterer war besonders begehrt. Darüber hinaus war es ihm sogar gelungen, aus irgendeiner seiner tiefsten Gruben mächtige Eisbrocken hervorzuzaubern – wohlgemerkt: im Hochsommer! Zwischen denen lagerte er seine Flaschen und die Bierfässer, was eine Genußsteigerung ohnegleichen bedeutete.

Vielleicht wurden derartige Genüsse viel zu frühzeitig offenbar. Denn bereits in der ersten Nacht – der ja schließlich noch eine weitere folgen sollte – stellte sich eine sanfte, alle Teilnehmer umschwebende Trunkenheit ein. Das Licht der hundert aufgestellten und entzündeten Kerzen ließ die Gesichter rosig erglühen. Die Menschen neigten einander zu, begannen zu tanzen, umarmten sich, schienen miteinander zu verschmelzen.

»Welch ein wunderbarer Anblick!« stellte Pankraz Pokorny entzückt fest. Um dann zu bekunden: »Jetzt bin ich wahrhaft glücklich.«

Da stand er nun, gemeinsam mit Siegfried, am Rande der Tanzfläche, hatte einen seiner kräftigen Arme um die schmalen Schultern des Freundes gelegt und ihn eng an sich herangezogen. Beide sahen sie aus wie ein aus zwei Stämmen gewachsenes, innig ineinander verschlungenes

Baumgebilde. Ein knorriges Idyll, zu dem auch eine gut gefüllte Schnapsflasche gehörte, die Pankraz im Rhythmus der intonierten Walzerklänge schwang.

Die Blaskapelle wurde im Augenblick von dem hingebungsvoll versonnenen Pfarrer Bachus dirigiert; zumindest versuchte er das. Und Keese, der Gendarm, hatte sich des Streichbasses bemächtigt, um den schwungvoll zu strapazieren. Vorgänge, die hierorts durchaus nicht unbekannt waren; nur pflegte dergleichen ansonsten, bei anderen Festen, erst in recht fortgeschrittenen Stunden vorzukommen. Diesmal schienen die Anfänge und die fortgeschrittenen Stadien ineinander überzugehen.

Zu alldem wurde fleißig und begeistert getanzt. Die Paare drehten sich freudig im Kreis, lächelten einander zu oder blinzelten vor sich hin. Ein endlos langer Reigen – dahintaumelnd unter dem ostpreußischen Mond.

»Auch sie«, sagte Pankraz, »sind glücklich!« Den Freund noch enger zu umarmen gelang ihm nicht; war wohl auch kaum möglich.

Der Baron walzte mit Frau Olga dahin; verlangend schien er sie an sich zu ziehen; sie duldete es lächelnd. Dr. Breisgauer hatte Hermine Bartosch, die Hebamme, zum Tanz aufgefordert, und es sah aus, als schauten sie einander tief in die Augen. Vermutlich beherrschte sie beide die gleiche Frage: War das denn unbedingt notwendig gewesen – diese in Feindschaft verlorengegangenen Jahrzehnte? Breisgauers Tochter war von Oberlehrer Schlaguweit geangelt worden; vermutlich ihretwegen hatte er das Podium und seine Musikkapelle verlassen. Nun widmete er sich dieser Dame mit einem geradezu besitzergreifenden Schwung, der ihr offensichtlich behagte.

Unsichtbar war indessen das Brautpaar. Elfriede und Emanuel waren verschwunden – und wohin auch immer, es wurde ihnen vergönnt. Wem denn war hier so etwas nicht zu gönnen? Lukas Lipski, der Großknecht, schwenkte mit stelzenden Kranichbewegungen um eine noch jüngere Magd herum; auch er lebte also nun wieder auf, und wie! Ganz ähnlich stampften etliche Dutzend weitere Paare umher; und einige davon, da die Tanzfläche schnell überfüllt war, schienen eifrig bemüht, den kurzgeschorenen Rasen des Obstgartens in einen unförmig zertrampelten lehmigen Vergnügungsplatz zu verwandeln.

Zwei Wesen gab es, die sich als Mittelpunkt dieses wirren Gefühlsgetümmels fühlten, schwebend zwischen Tag und Nacht, zwischen Wirklichkeit und Traum: Karlchen und das Muckeltier. Er hatte das geliebte Hundchen in die Arme genommen, beider Köpfe berührten sich zärtlich. Und so tanzten sie miteinander, umgeben von großen wundersamen Wünschen, die bis zum Himmel reichten.

Sie bemerkten es gar nicht, daß Pankraz Pokorny ihnen grüßend mit seiner Flasche zuwinkte, die er dann zum Mund führte. Sich rückwärts beugend, trank er daraus in vollen Zügen. Siegfried Seelinger versuchte es gar nicht mehr, den Freund daran zu hindern. Es hätte nichts genutzt.

Pankraz schien verkünden zu wollen: Glücks genug! Mehr kann ein Mensch nicht erwarten – nicht in diesem Dasein! Jetzt erst, jetzt endlich ist alles trostreich wohlgeordnet.

Wie von einem Blitzschlag getroffen, brach Pankraz Pokorny zusammen. Gefällt wie eine Eiche, krachte er der Erde, seiner Erde entgegen. Dort blieb er liegen, um sich niemals mehr zu erheben. Dennoch schien er zu lächeln.

Pankraz Pokorny war tot.

Die Leute von Bärenwalde umringten seine Leiche. »Mußte das sein?« fragte einer. Und ein anderer meinte: »So einen Mann wie ihn wird es hier niemals mehr geben.« Was aber zugleich wohl heißen sollte: Hin ist nun mal hin!

Dann meldete sich einer zum großen gewichtigen Wort – sicherlich einer, in dessen Adern bestes ostpreußisches Blut pulsierte und der sich ehrwürdiger Traditionen verpflichtet fühlte: »Dieses Fest muß weitergehen – er will das! Pankraz will das, weil er einer von uns ist, war – einer unserer Allerbesten. Zögern wir also nicht, sein Vermächtnis zu erfüllen.«

Die meisten stimmten ihm zu, und gar nicht wenige erkannten sehr richtig: »Zumal diesem Fest schon bald ein weiteres folgen wird – das Begräbnis unseres Pankraz Pokorny. Das muß würdig begangen werden. Verdammt noch mal, so was ist doch ganz selbstverständlich. Schließlich befinden wir uns hier in Ostpreußen.«